麝香豌豆

スイトピー

井岡道子

未知谷

目次

麝香豌豆
スイトピー

次ぎの人

葬列は、川に沿って緩やかに曲がった小道を、ゆっくりと進んで行った。

杉の木立を縫う山道は、鈍よりとした冬の空の暗さに加えて、繁った枝葉に光線を遮られ、昼間とは思えないほど暗い。

四人の男がそれぞれ錦織の幡《のぼり》をなびかせた孟宗竹《もうそうちく》を抱えて歩く。幡は幅半間、長さは三メートルほどだろうか。かなりの重さがありそうだ。歩くたびに竹がしなって、さわさわと笹の葉の擦れ合う音がする。幡は弔いの様子にしては華やかで、金糸銀糸が杉の木立の合間を見え隠れしながら鮮やかな光りを放っている。

野位牌を持った者、続いて遺影を抱いた者、卒塔婆、果物を手にした女たちに続いて、男たちに担がれた棺が続く。

葬列の先頭を老婆が道先案内役で進んでいる。老婆は、手に縄紐を持っている。荒縄の先には火が点いていて、右手でその先をくるりくるりと回しながら歩く。野ぼてと呼ばれるそれは、薄暗い木陰に入ると時々パチパチと火の粉を飛ばしているのが見える。

いつの頃からだろうか、火葬が義務づけられると、この村では町に向かう橋のたもとまで、昔と変わらない送り方をすることで弔いの儀式を守ってきた。橋を渡った県道には、葬儀屋の用意した火葬場に向かう霊柩車が待っている。

今年も列車に揺られて瀬戸内の海を眺めた。朝の八時に部屋を出て、四国の西端、予讃線の終着駅に着いた時は三時を回っていた。改札を出ると、駅前のシュロの木が青い空を突き破るように伸びていて、白い路面にくっきりと長い影を落としていた。ロータリーには、正月を故郷で過ごす人たちを迎える車が隙間なく並んでいる。セーターの上にマフラーを巻いただけの姉が、寒そうに小走りでやってきた。

「楓子《ふう》、お帰り」

「姉ちゃん、ただいま。お祭りみたいな人出だね」

「確かに、こんなにたくさんの人と車を見るのは、盆と正月と祭りの時期だけじゃね」

姉の運転する軽自動車で、実家に向かう。

父も母も逝ってしまった家には、昨年米寿を迎えた祖母が一人で暮らしている。姉は実家から車で三十分ほどの隣町に嫁いでいて、高校生を頭に三人の子供がいる。

「ばあちゃんはボケたりしてないのかな」

「まあ、さすがに多少話しが空回りすることもあるけど、でも大丈夫よ。自分でご飯も炊くし、魚もさばけるし、畑で野菜作りもするし。ほんとたいしたもんじゃね。ばあちゃんのことより、楓子、あんたのことよ。編集だ、ディレクターだなんて聞こえはいいけど、都会の一人暮らしなんて寂しいだけやろうに。そろそろ東京に見切りをつけて、ばあちゃんと暮らしたらどう。スーパーのパートにでも出たら何とか暮らせるって」

姉の運転する車の助手席で、もう何年も同じ台詞を聞いている。

子どもの頃はヘアピンカーブで山を幾つも越えていたが、今はトンネルができて一直線に道路が走っている。駅から一時間以上もかかっていた我が家までの距離は、三分の一ほどに短縮された。山を越えるたびに、その季節の色彩が目の前に迫って来る、そんな迫力も時間と一緒に消えた。「何だか風景がつまらなくなった」と不満を言うと「何言うてるの。たまに戻って来るあんたに言われとうないわ。故郷を捨てた都会者のノスタルジーになんか付きおうてられんわ。この道路とトンネルのおかげで、どんなに便利になったか」と、姉にキッと睨まれた。

出口は本当にあるのだろうかと不安になるほどの長いトンネルを抜けると、ぱっと視界が明るくなって、白い光りを放ちながらゆったり流れる藤野川が目に飛び込んだ。

「懐かしいなー。やっぱり、この川を見るとほっとするね。あっ、あの辺り、子どもの頃、夏になると毎日泳いだ場所やね」

「そやけん、戻っておいで。隣のマサさんがな、楓子に婿を取ったらどうやろ言うてね、婿を世話してやる言うておんなさったよ。婿を取って家を継いで、お墓を守ってくれるといいけどねえ」

「あのマサさんは私の顔を見ると、戻って来い、おっちゃんがええ男世話してやるって言うんだよね。私のことをいくつだと思っているのかね。来年四十五だよ。そろそろ更年期だよ」

「大丈夫よ。この辺りには五十にもなって独身の男がけっこういるのよ」

「大丈夫って言われても、何が大丈夫なんだか」

「ばあちゃんも今年八十九だからね。本人は百まで生きるって言ってるけど、そんなに長くはどうかな。そろそろ真剣にあの家をどうするか考えなくちゃね。あんた、東京に好きな人でもおるの」

「まったくいない」

「甲斐性ないなー。東京やったら、男はなんぼでもおるやろうに」

真一郎と別れたのは三十五歳の誕生日を過ぎたばかりの頃だった。真一郎は十歳年上で妻子があった。承知の上での付き合いだったが、私は三十五という歳に慌てていた。こんな関係をだらだら続けていても仕方がないと別れを切り出した。付き合って八年目だった。日本も一夫多妻制やったらええのになー、と言う真一郎に、二度と会うことはないと言って別れた。それから十年近くも経った夜中、突然電話をかけてきた。

「俺な、ガンになってん、直腸ガン。ばっさり切ってん」

東京に出てきて三十年以上も経つのに、相変わらずベタベタの大阪弁だった。

「ガンて。真ちゃん、死ぬの?」

ガンと聞いた途端、恐くなった。

「さすがに楓子のするどい突っ込みやな。死なへん、死なへん。ガンいうてもな、恐れるに足らへん。日進月歩、医学は進歩してるしな。別にガンになったいうて、自慢してる訳やないで。楓子、元気か? そのうち飯でも食うか」

そんな電話があって、別れた男とひさしぶりに会った。渋谷の交差点、交番前で待ち合わせた。真一郎は交差点の向こう側で私を見つけると、携帯を持ったまま「ここや、ここや」と手を振って急に車道に出て、車に接触しそうになった。少し痩せていた。居酒屋に入ったが、真一郎の皿の料理は少しも減らなかった。

「楓子、今、だれか付き合ってる奴おるのか?」

「うん、いるよ」

「独身か?」

「あたりまえでしょうが。もう、あんな関係はうんざり。私、これでも学習能力あるから」

付き合っている男なんかいない、と言うのが口惜しくて嘘を言った。

そうかそうかと、真一郎は笑っていたが、私の嘘に気がついていたかもしれない。

「実はな、また、腸のちょっと上のほうにポリープが見つかってな。組織取って調べてるんや。医者はたぶん、良性やろうって言うてたし、心配ないと思うけどな」

「もしも、悪性だったら、どうなるの？」

「そうやな。悪性やったら、やったで取ったらしまいや。腸はな、長いねん。そやから多少切り取っても大事ないって。まあー、それでも寿命が尽きたら連絡するわ」

「だれが連絡するの？」

「その時は、誰かが知らせるやろ。連絡ない間は、しつこく生きてると思ってたらええわ」

居酒屋を出て、通りでタクシーを拾った。私がタクシーに乗り込むと、ドアがなかなか閉まらない。

「お連れさんは乗られないんですか」

運転手が怪訝そうに言った。見ると真一郎がドアに手を掛けたままじっと立っていた。

あの時、私はもう一度タクシーから降りようかと迷った。真一郎はタクシーに乗り込もうかと迷っていた。迷いながら別れた。その後、真一郎の容態が気になったが、尋ねることはしなかった。理由は分かっていた。聞けば真一郎の死が具体化しそうで恐かったからだ。五年後でも十年後でも、いつでも会えるのだと、五年後も十年後も生きているはずだと思っていたかった。タクシーの窓から見た、手を小さく振る懐かしい真一郎の姿が最後だった。一年近く経って、共通の友人から真一郎の死を聞かされた。葬儀から一ヶ月経っていた。友人はホスピスに入っている真一郎を、死の二週間前に見舞ったと言った。

「元気そうだったと言うと変だけど、なんだか明るかったな。よく来てくれた、会えてよかった、と歩いてホスピスの玄関ホールまで見送ってくれて握手して別れたんだ。楓子ちゃんに、ここにいること知らせたのかと聞いたら、楓子はあれでけっこう恐がりなんだよと言って、あいつ笑っていたよ。それにしても五十半ばじゃ若すぎるよな」

橋を渡る。この橋を渡って山間の道に入ると、両側にそびえる杉の木立で夕暮れかと思うほど日差しは遮られる。陽の届かないその道を抜けると川を挟むように田圃が広がって、山に囲まれ、明るい光の中にすっぽり包まれた村落が見えてくる。

車のフロントに陽が当たって、姉は眩しそうに目を細めている。私は日差しに誘われて窓を開ける。冷たい風と一緒に薄い煙が流れ込んできた。どこかで藁を燃やしている。枯れた藁の煙が懐かしい匂いを運んでくる。その空気を思いっきり吸って目を閉じた。東京での暮らしが他人事のように遠くなっていく。

庭を囲んでL字型に建っている我が家が見えてきた。祖母が一人で暮らすその家は、どこかしら物静かで寂しげだ。すっかり葉を落とした柿の木に、熟した実が数個残っている。車は砂利をはじきながら庭の中まで進んで止まった。

祖母は縁側の陽だまりの中に坐っていた。縞模様のモンペを穿いて、グレイに白の水玉の割烹着をきちんとつけ、姉のお古だろうか、首には幾何学模様の派手な色彩のスカーフを巻いていた。ペタリと縁側に坐っている姿は、一年で一回りほど小さくなったようにも見えた。縁側からは川の流れの向こうに、幾重にも連なる山が見える。一番手前の山の天辺には銀色の鉄塔が立っていて、陽の光を反射させてギラリと光った。その横に松の古木が、張り合うように枝を伸ばしている。

「ばあちゃん、ただいま」

「はあー、楓子、よう戻ってきた」

私の名前も顔もちゃんと覚えていて、ほっとする。少しは足腰も弱くなったかもしれないが、この歳で畑に出て、食事の支度も自分でできる。週に一度は農協の販売カーもやって来るから、買い物も自分でできると姉が自分のことのように自慢していた。

元旦には子どもたちもみんなで年賀に来るから、ばあちゃんをよろしく、と言って姉が帰ってしまうと、祖母と二人、離れ小島に取り残されたようだった。姉のおかげで隅々まで掃除は行き届いているし、布団も干されて用意されていた。祖母と山を眺めながらお茶をすする。祖母と同じくらいの年寄りになったみたいに、でーんと坐って、ゆるーい感じになって、時間がのんびり動く。することもないので、縁側で祖母とすごろくをした。

姪っ子が置いていったものだろう、『人生すごろく（女性編）』とタイトルがついていて、歌手になったり女優になったり、看護師や弁護士の職業の果てに、結婚してママになって上がりだった。

祖母はサイコロの目をとっさに読みとって数えながら進めていく。

「ばあちゃん、すごいね。こんな小さなサイコロの目が、読めるんだ」

「はあー、わしは昔から目はよかったの。入れ歯はいるが老眼鏡はいらんぞ。ほれ、おまえの番じゃ」と言いながらサイコロを渡す。

「こんなにいろんな職業を経験して、どうしろってんだかね。ばあちゃん、若い頃、何かになりたいと思ったことある？　何か得意なものってあった？」

「得意いうたら、わしは歌が得意じゃった」

「本当？　我が家の家系は音痴みたいだよ」

祖母は突然、ちゃっと坐り直して歌い始めた。数え歌のようなものだが、確かにうまい。しかも声が少女のように明るく澄んでいて、九十近い老人の声とは思えないほど張りのある歌声だ。祖母の歌を初めて聞いた。

そういえば、祖母は映画や芝居が好きだった。家の者、特に母に気兼ねしたのか、まだ小学にも上がらない頃から、私を連れて出かけた。あの頃、既に映画はすたれ始めていて、町にあった二つの映画館も閉鎖され、映画を観るにはバスに乗って街まで出かけなくてはならなかった。祖母と二人、バスに揺られ、街の映画館で意味の分からない大人の映画を一緒に観た。

「ばあちゃん、じゃあ、もし、今、若かったら都会に出て、歌手になりたいなんて思うの？」

「そげな大それたことは思わん。歌手にもなりとうないし、都会にも行きとうない。わしはここにおるのが一番じゃ。ほかのことは考えられん」

祖母はここが一番かもしれない。お大師さまに一番近いこの四国以外に、祖母の一番の場所はないだろう。祖母は、東の空から日の出が見える晴れた朝は、太陽に向かって手を合わせる。弘法大師と太陽の関係は分からないが、祖母は「南無大師遍照金剛」と唱えながら拝む。

太陽が西の山にかかり始めた。陽が傾くと急激に冷え込んできた。台所、土間、座敷と、家のあちこちにある石油ストーブに火を点け、炬燵《こたつ》に電源を入れてみたが、すきま風がどこからともなく入って来るようで、いっこうに家は暖まらない。セーターの上に綿入りの半纏を羽織って、靴下を二枚重ねて履いた。祖母を見ると薄着のままだ。

「ばあちゃん、寒くない？」

「はあー、今日はよいよ、ぬくいがね」

冷蔵庫を覗くと刺身や豆腐、干物、卵、と姉が用意してくれた食材が詰まっている。祖母に畑には何があるのかと聞くと、里芋、ほうれん草、白菜、葱、大根、人参、とよどみなく答えて、「人参はこんくらいしか大きならんやった」と、自分の小指をつまんだ。
「すごい、ばあちゃん。それ全部一人で作ったの」
「なあーに。隣のマサちゃんが手伝うてくれるけんね。有り難いことよ」
「じゃあ、畑にばあちゃんの野菜の収穫に行こう」と言うと、「うん、うん」とうなずくが、行動には時間がかかる。

納屋から一輪車を出して押してみるが、バランスがうまくとれずヨタヨタしている私を見て「若いもんが情けない」と言って奪い取ると、一輪車は祖母と合体したようにぴたりと納まった。

長靴に軍手、鍬と鎌を携えて祖母と畑に向かう。家の三方を畑が取り囲んでいる。綺麗に手入れされた畑ではないが、何とか野菜らしきものが見える。白菜、ほうれん草、里芋、大根に葱を収穫した。大根は間引きが少なかったのか、小振りのものが土の中で押し合うように生えていた。ざっくりと土を払って一輪車に載せる。久しぶりに土の匂いを嗅ぐと、自分はこの土の上で育ったのだと懐かしさでいっぱいになる。一輪車はやっぱり祖母が押した。

暮れかかった山の空気はピーンと張りつめたように冷たい。車の音も人の声もない。

井戸で野菜を洗おうとゴム手袋を持ってくると祖母は「そげなものいらん」と、素手で丁寧に洗う。祖母の手は黒く日焼けして、節がごつごつしている。そしてとても小さい。井戸端のバケツに榊の把が浸けてある。神棚の御供え用に姉が用意したものだろう。

「ばあちゃん、神さまにお正月の御供えをせないけんな」

「そうじゃった。わしらの食べることより、神さんの方が先じゃ」

夕食の支度の前に、祖母と二人で神棚に正月の供え物をする。座敷の床の間には鏡餅に橙を載せ、両脇の二本の白い筒のような花瓶に榊を供える。

流しの上の水の神さま、かまどの上の火の神さま、井戸や納戸、風呂場、果ては便所の神さまと、あちこちにある神棚に小さな鏡餅と榊を供えて、一つひとつ柏手を叩いて拝む。

「こんなにいろんな処に神さまがおんなさるのかなー。めんどくさいね」

「さあー、神さんに会うたことはないけんのー。おんなさるか、おんなさらんか分からんね」

祖母からは、けっこういい加減な答えが返ってきた。

正月を三日後に控え準備万端だ。

大根と里芋を煮て、刺身を並べ、白菜の漬け物に豆腐のみそ汁で、祖母と二人、早めの夕食にする。見るでもないテレビが騒がしい音を立てている。向かい合って箸を動かす。祖母の動きがあまりにゆっくりなので、ついついこちらも老人のようにもぐもぐ咀嚼してしまう。

「この大根と芋は、よいよ上手に炊いてあるわい。やっぱり、御膳は人に作ってもろうて、人と一緒によばれるとうまいの。一人はつまらんわい」

「うん、一人はつまらんね。ここで、ばあちゃんが一人でご飯食べるのも、つまらんやろうけど、都会で、人の大勢いるレストランなんかで、一人でごはん食べるのも、つまらんよ」

「ああー、そうじゃろうとも、そうじゃろうとも」

祖母は、食堂やレストランのようなところで、一人で食事をしたことなど一度もないだろうが、共感するように何度も頷いた。

「ばあちゃんも私も、境遇は同じということやね」

「はて、キョウグウたあ、何じゃろ」

「ばあちゃんも私も、たいがい一人ってこと」

父も母もいなくなって、姉もよその家族になって、今、私と祖母だけが家族だった。年に一度、数日を過ごすだけの家族だ。

食事が終わると祖母は背中を丸くしてウトウトする。眠っているものと思ってテレビのチャンネルを勝手に変えると、ふいに顔を上げて「今のを見よったたに」と言って番組を元に戻させたりした。

八時を少し回った頃だった。玄関の引き戸がカラカラと鳴って、

「シゲばあちゃん、おんなさるかの。武田の吉之よ」

と、隣のマサさんの息子が訪ねてきた。

土間に廻って灯りをつけると、吉之さんはコートも羽織らず何やら慌てた様子だ。

「こんばんは。楓子です。ご無沙汰してます」

「フーちゃん戻っておったかね。元気でやっておったかね」

と挨拶してくれたが、どこか上の空だ。

「ばあちゃん、おんなるか」と忙しげにたたみ掛けた。行動の緩慢な祖母は「はい、はい、ここにおりますよ」と言いながらなかなか玄関口に出てこない。吉之さんはしびれを切らせて、奥に居る祖母に大声で告げた。

「シゲばあちゃん、親父が逝ってしもうたわえ」

「何ち言うた?」

祖母はきょとんとした顔で玄関に出てきた。

「親父がさっきがた、死んでしもうた」

「はあー、そげなこと。昨日、わしは会うたよ。ここに腰掛けて長いこと話しよったよ」

「はあー、飯食うて横になってそのまま逝ってしもうた。ほんにぽっくりよ」

「まことに、えらいことよ」

「ばあちゃん、後でちょっと来てもらえるかの」

「ああ、行くとも。すぐに追いかけるけん」

祖母の返事を聞くと、吉之さんは丁寧にお辞儀をして帰っていった。

祖母は玄関の上がり框にしばらく坐り込んでいたが、膝をポンと叩いて立ち上がった。

「楓子、聞いたとおりじゃ。その赤いものは脱いで、なんぞ黒いものを羽織れ。行くぞ」

「ばあちゃん、私も行くの？」

「あたりまえじゃ、こげな時は二人一組で行くもんじゃ。一人では魔がさす」

祖母の説明は意味不明なことが多くて理解しがたく、この「魔がさす」も分からなかったが、意味を聞いてもたぶん答は「昔から言われておる」と返ってくるだけだろう。

とりあえず言われたとおりにする。ピンクのセーターを脱いで黒いセーターに着替え、母が残していた黒のジャケットを羽織り、その上からコートをきて手袋とマフラーで完全防備の準備をするが、祖母は肩にショールを掛けただけで外に出た。

隣のマサさんの家までは、ぽつぽつと立っている外灯を頼りに、田圃道を数分歩く。キリキリと尖った風が山から吹き降りてくる。

「めちゃくちゃ寒いな。ばあちゃん、その格好で大丈夫？」

祖母は私の問いかけには反応しないで「マサちゃんが、もう逝ってしもうたかい。あのマサちゃんが」と言った。

夜道を歩きながら祖母が発する「マサちゃん」という言葉が、少女の声のように聞こえて、はっとして振り返るが、そこにはまんまるの年寄りの姿があるだけだった。

マサさんの家は煌々と灯りが点いていて、見慣れない車も数台止まっているから、知らせを聞いた縁のある人が集まって来ているようだった。

祖母は玄関に入ると、遺族の一人ひとりに丁寧に挨拶して廻った。「この度は」のところは聞こえるがその後は何と言っているのかまったく聞き取れない。ぶつぶつとやたら長い口上のようだ。

祖母は「飯はわしが炊いてあげようかいね」と言って、私に手伝えと言うと、勝手に人の家の母屋の台所に入っていった。最初に仏さまの枕元に供える飯は、家族の者が炊いてはいけない。知らせを受けて早くに駆けつけた近所の者の仕事だ。なぜかと祖母に聞いても「昔から決まっている」という答が返ってくるだけだ。

「きっちり二合半にせな、いけんよ」

マサさんの家の母屋の台所はハイカラなシステムキッチンで、米びつには二合半枡がなくて、一合カップで適当に量っていると祖母の指示が入る。人が亡くなった時に炊く飯は二合半飯と決まっているから、日常で二合半の飯を炊いてはいけないと、子どもの頃から祖母や母にきつく言い聞かされていた。都会暮らしをしていても、友人たちで集っていて誰かが「二合じゃ少ないけど三合じゃ多いから二合半にしようか」などと言っているのを耳にすると、慌てて「だめだめ、二合半飯を炊いちゃだめ」と言って怪訝がられ、そのたびに二合半飯の説明をして、「楓子の田舎知識はすごい」と感動されたり呆れられたりした。

飯が炊きあがると茶碗に高く盛って箸を突き差し、奥の座敷に眠っているマサさんの枕元に置かれた。線香も焚かれている。布団の胸元に置かれた短刀が妙に色鮮やかだ。

「マサちゃんは、わしの嫁入りの時、わしが座敷に坐っておったら、障子をちょこっと開けては何遍も覗きに来るのよ。うちの親戚の子どもじゃろうと思うとったが、隣の惣領息子じゃった」

「花嫁御寮が珍しかったんじゃろう」

「シゲばあちゃんが、綺麗な花嫁さんじゃったからじゃろうて」

「わしの嫁入りを覚えておるお人は、さほどはおんなさらんけん、そういうことにしておこうかいね」

祖母が十六で嫁いで来た時、マサさんは隣の長男で、弟のような存在だったのかもしれない。十六の花嫁姿の祖母と少年のマサさんの姿を思い描いてみる。写真で見る若い頃の祖母は、小さな顔の中に、目も鼻も口も何もかも小作りで愛らしかった。今はほんの一握りほどしか残っていない白髪も、その頃は豊かな黒髪で丸髷を結っていた。およそ七十年もの間、隣の『マサちゃん』、隣の『シゲ姉さん』と言って、暮らして来たことになる。

「マサちゃんは、毎年、秋になったらりっぱな山芋を掘って持ってきてくれた」

「そうよ、親父は他に取り得はなかったが、山芋掘るのだけは、たいしたものじゃった」

吉之さんと祖母の会話は、マサさんが山芋掘りの名人で、新聞に写真入りで載った話をしていて、時折笑い声まで漏れている。

いつの間にか座敷には村の家長たちが集まって、通夜や葬儀の相談をしている。

「ここは親戚も多いけんのー。次男坊はほれ、九州じゃったし、娘らもみな大阪のほうに嫁いでおったはずじゃ」

「遠くにおる親戚のことを考えると、通夜は明後日になるかのー」

「明後日に通夜が一番ええのじゃが、そうすると告別式が元日になってしまうぞ」

「正月の元日に葬式というのものー」

「そうじゃのー。男じゃけん、まあ、出せんことはないが」

「あのー、女じゃと、出せんですか?」

たぶん、都会に出ていて跡を継ぐために戻ってきたのだろう、年寄りたちの会話をじっと聞いていた若い家長が口を挟んだ。

「うーん、昔はのー、どうしてもおなごの葬式を正月に出さにゃいけん時は、裃を着けて男の成りをさせて葬ったものじゃ」

「どうしてですか?」

「正月におなごの葬式を出すと、その年は、この土地の者が何人も続いて逝ってしまうらしい。連れて行くらしい。わしのじいさまの話ではその昔、ひと月の間に七人も連れて行ってしもうたこともあったらしいぞ」

「まさか。迷信ですよね」

「本当のことはわしも知らん、昔から言われておるだけのことじゃ」

若い家長の複雑な表情は、そのまま私の表情だろう。

「ここは慌ただしいが、明日通夜で、三十一日には告別式を終えたほうがよかろう」

「今晩、知らせが行けば、このご時世じゃ、明日の通夜に間に合わんこともなかろう」

「しかし、この年の瀬ぞ。乗り物なんぞは空きがあるかの」

「大丈夫ですけん。親戚の者には、もう皆に知らせましたけん。今晩のうちに発つと言うとりますけん、遅うても明日の晩には着きますけん」

吉之さんの言葉に皆はほっとした様子だ。

村の役の人たちと遺族で相談がまとまったようだ。

私は祖母のお付きで祖母の横にぴたりと坐って事の成り行きを眺めていた。父と母の葬儀の時も、特に母の時はあまりにも突然で、父も姉も私も、ただぼんやりと呆けていたから、こんな風に皆で儀式を仕切ってくれたのだろうと思い出す。

「野ぼては誰に頼もうかのー」

「そういえば、このところ、野ぼてはマサさんにやってもらっておったのー」

「歳からいうても、そろそろ、わしが引き受けてもええがのー」

「いやいや、あんたはまだまだ、母屋を張っておる身じゃ。隠居の身じゃないけん、それはいけんぞ」

「なーにが、跡継ぎがおらんけん、隠居ができんだけじゃ」

「うちのじいさまは八十五になりますけん、歳から言うたらうちのじいさまじゃが、ほれ、皆さんご存知のとおり、足腰が不自由じゃけんのう。とても野ぼての役は無理じゃのー」

「ほんなら、今回はうちのじいちゃんがやりましょう」

「ほう、あんたんとこのじいちゃんはなんぼになられるかの」

「七十五になります」

「若いのう、若すぎる」

この時、祖母がにじり出て言った。

「それはわしの役目にしよう」

「シゲばあちゃん、そりゃ無理じゃないかの」

「無理なもんか。わしは歩くのは牛みたいに遅いが、まだまだ足腰はしっかりしたもんじゃ。昔みたいに、墓のある山の上まで登るわけじゃない。あの橋まで真っ平らな道を歩くだけじゃ。第一、この役目は、次ぎに死ぬ者と昔から決まっておる。順番からいうたら、わしに決まっておる。若い者の役目じゃない」

「まあー、シゲさんにそう言うてもらうと、ありがたいことはこの上もないが」

「おなごのシゲさんにお願いするのものー」

「なにが、男も女もこればかりは関係ないぞな」

「まあー、野ぼての役をやると、案外長生きするものじゃ、いうこともあるけん、ここはシゲばあちゃんにお願いするか」

「そうじゃのー」と皆が頷いて、祖母はマサさんの弔いの道案内の役目を担うことになった。

段取りがほぼ決まったところで酒が出た。

「マサさんはええ人やった」

「マサさんは世話好きで、連れあいが元気な時は、何組の仲人をしたか分からんぞ」

「ほんに死に方もええ死に方で」

「はあー、八十過ぎまでこれと言った大病もせず生きておりましたけん、上等でしょう」

耳に届く会話はどこか明るく、家の中には活気さえ感じられて、とてもついさっき人が亡くなったとは思えなかった。


翌朝、家中が凍りついたような寒さで目が覚めた。障子の向こう、縁側あたりが明るく、朝の気配を感じる。布団から出ている顔が冷たくて、天井を眺めながら『この天井のくすんだ板の色、どこかでみたことあるなー。ああー、そうだ。実家に戻っていたんだ』と思い出す。枕元に畳んでおいたセーターをたぐり寄せ布団の中で着込んで、気合いを入れて起き上がり、石油ストーブに火を点けると、また布団にもぐり込んだ。天井の板の模様をながめながら、東京の自分の部屋の天井はどんなだったかしら、と直ぐには思い出すことができなかった。

柱時計が八時を知らせている。思い切って寝床から離れる。祖母の寝ている座敷の襖に向かって「ばあちゃん、まだ寝てるの」と声をかけた。返事がないので襖を開けると、祖母はモンペに着替え足袋も履き、布団も上げていた。

「いつまでも寝ておるのはお前のほうじゃ。今日はマサちゃんの通夜じゃけん、忙しいぞ」

「ばあちゃんが忙しいの？」

「お前が忙しいんじゃ。若いもんは通夜のお手伝いに行かなならん」

湯を沸かして仏壇に熱いお茶を供え、祖母と二人、みそ汁と漬け物で簡単な朝食を済ませると、マサさんの通夜のお手伝いに行けという祖母の言いつけで準備をする。

祖母はどこからか真新しい白の割烹着を出してきて、これを被れと言った。寒くてセーターを重ね着してタイツに靴下も重ねて履いてパンパンになったところに割烹着を着けると白クマみたいになった。なんだか気が重い。ああいう場所に行くと「フーちゃん、まだ独身かいね。早う結婚せな」とか、「男の一人も見つけんようでは、甲斐性がないぞ」などと、もうそんな歳でもないこと承知の上で、年寄りたちは話のタネにするに決まっている。気が重いが、行かなければ行かないで「フーちゃんは戻っておるに、お手伝いにも来んな。ここに戻った時は、この土地のお付き合いというものがある。自覚が足りんな」と、責められることになる。

割烹着をつけて庭に出ると庭の池に薄い氷が張っていた。寒いはずだ。靴の先で突くと簡単に割れた。氷の下には数匹の鯉が身を寄せ合ったまま、固まったように動かなかった。

「楓子、包丁とまな板を持って行きなはれ」

祖母の指示どおり包丁をふきんに包んで、まな板を抱えてマサさんの家に向かった。鈍よりと曇った空からは、今にも白いものが落ちて来そうだ。

「フーちゃん」

呼ばれて振り向くと、幼なじみの幸恵が同じように真っ白い割烹着姿で、田んぼ道に立っていた。左手にまな板を抱えて、右手には包丁をむき出しのまま提げている。都会だったら確実に警察に職務質問される状況だ。近所の主婦が何人もこの格好で集まっていると思うと、やはり異様だ。

「戻ったって聞いてたよ」

「きのう戻ったばっかりよ。だれに聞いたの？　ほんと、情報伝達の早い地域だわ」

「だれやったかいな。ところで、元気やった？」

「うん、元気。幸恵ちゃんも元気そうだね」

子どもの頃は毎日のように一緒に遊んだ。私と幸恵は同い年だが、不思議と同じクラスになったことはなかった。高校で学校が別々になると、いつの間にか会う機会も少なくなって、お互い近況は母や祖母から耳にする程度になっていった。幸恵が離婚して二人の子連れで実家に戻ったと聞いたのは、もう三、四年前だったような気がする。何年も、もしかしたら、何十年も親しく会話を交わした記憶がないが、同じ格好で同じ目的でバッタリ会うと、一瞬にして仲良しの二人がそこにいた。

マサさんの家に着くと、お手伝いの主婦たちは、もうすでに立ち働いていた。母と同世代の顔見知りのおばちゃんたち一人ひとりに挨拶をしてまわると、それだけで疲れてしまった。やっぱり、どうして独身なのだとか、都会は楽しくて田舎に戻る気はなかろうとか、あまり触れられたくない話題や、勝手な想像で決めつけた話題を容赦なく向けてくる。

十人組みという組織はいまだに存在していて、この年の組長さんの奥さんが台所を仕切る。真っ白い割烹着にモンペ、頭はあねさん被りの手拭い姿で、みんなけっこう勇ましい。

私と幸恵は牛蒡《ごぼう》のささがきを指示された。どんな料理のためなのかよく分からなかったが、用意されていた途方もなく大量の牛蒡を洗ってささがきにかかる。台所には人が溢れていたので、私と幸恵は裏庭に場所を移して、水を張ったボールを挟んで縁台に坐った。

「幸恵ちゃん、子どもたちは今いくつ？」

「下は高校に上がったばかりで、上のお兄ちゃんは来年大学受験」

「うわー、大変だね。幸恵ちゃん、今、どこに勤めてるの？」

幸恵が包丁を挙げて『おいでおいで』をしたので、顔を近づけると声を落として言った。

「街のフィリッピンパブ」

「そこで何やってるの？　皿洗いか何か？」

幸恵は今度は、包丁をオーバーに横に振って言った。

「まさか、それじゃスーパーのレジと時給は変わらんがね」

「じゃあ、何？」

「フィリッピン人のホステス」

「どういうこと？」

「ワタシ、フィリッピン、カラ、キマシタ。ニホンゴ、チョット、ダケ。ワタシ、サンジュウゴサイデス。こんな感じで、フィリッピン人になりすまして、歳サバ読んで、ホステスやってるの」

小麦色の肌と大きな目に太い眉、確かに日本人離れしているかもしれない。

「あの辺にいるおばちゃんたちには内緒よ」

「うん、分かった」と返事をしたが、ひょっとしたら、みんなはもう知っていることかもしれないなと思う。この村で秘密を保つのは非常に難しい。

「でも、この近所の人が、客で来ることもあるんじゃないの」

「店にね、この近所の誰とは言えないけど、おっちゃんが来たのよ。お互い、アイコンタクトで、すべてを了承したけんね。誰にも言いませんってね」

「それにしても幸恵ちゃん、逞しいなー。すごいよ」

中学の時、同じハンドボール部に入部したが、幸恵は朝練が辛いと言って、たったの一週間で退部した。そんなひ弱な面影はすっかりなくなっている。

スーパーの時給じゃとてもやっていけないから子どもたちのためよ、子どものためなら何でもへっちゃらよ、と言いながら明るく笑う幸恵を見ていると、マサさんの不幸を忘れて嬉しくなった。

「マサさん、私の顔見るたびに、ええ男を世話してやるって言ってくれたけど、もう言ってくれる人もいないな」

「私にも、今度は離婚せんでええ、根性のある男を世話してやるって言ってた」

「諦めるしかないね」

場所柄もわきまえず、二人して顔を見合わせて声を出して笑っていると、

「口ばっかり動かさんと手を動かしなはい」と、どこからともなく小言が飛んで来た。

「はーい」と声を揃えて返事をすると、なんだか子どもの頃に戻ったみたいだった。

結局、蓮根や里芋を洗って切って、足りない物を買いに、車で町のスーパーまで何度か往復して三時過ぎにお手伝いが終了した。その頃には男衆によって祭壇ができ上がって、マサさんの家の周りには届いた花輪や錦の幡が並んでいた。

通夜の儀式が終わって、深夜に祖母とマサさんの家を出た。しばらく歩いて振り向くと、真っ暗な山あいの中で、提灯《ちょうちん》に照らされたマサさんの家が白く浮き上がっていた。

大晦日、告別式だ。昨日と同じように、朝早くからお手伝いに行かなくてはならない。その前に、野ぼて役の祖母の喪服の着付けを手伝う。寒いので、下着に厚手の肌着を重ねて着せた。そんなに着なくても大丈夫だという祖母に「今日はほんとに寒いよ。たぶん、昼間でも零下だよ。コートも着ないんだから風邪ひくよ。なんせ、ばあちゃん、九十近い歳なんだから」と言うと素直に着てくれた。背が低くてやや太りぎみの祖母の体が、ますます丸くなった。

マサさんの家に着くと、祖母は座敷に、私は台所に向かう。幸恵はもう着いていて、大きな盆にお茶の茶碗を何十個も載せて運んでいた。私の顔を見ると「フーちゃん遅刻」と中学生のような顔をして言った。

告別式の後の料理は仕出し屋に注文しているが、この寒さなので、温かい汁ものと甘酒を用意する。ビールのグラスや酒の徳利を洗って準備し、漆器の盆は丁寧に拭いて積んでいく。そんな仕事を手分けしてやり終わると、それほどすることもなくなった。昔、全ての料理を賄っていた頃は、さぞかし大変だっただろうと想像する。

形だけでも『お手伝い』という慣習を保とうとしているが、果たしていつまで続くだろうか。私たちの世代が年寄りと呼ばれる頃には、こんな風に真っ白い割烹着の集団は、もういないかもしれない。

刊行案内

No. 58

（本案内の価格表示は全て本体価
ご検討の際には税を加えてお考え

ご注文はなるべくお近くの書店にお願い致
小社への直接ご注文の場合は、著者名・書
数および住所・氏名・電話番号をご明記の
体価格に税を加えてお送りください。
郵便振替　00130-4-653627 です。
（電話での宅配も承ります）
（年齢枠を超えて柔軟な感受性に訴える
「８歳から８０歳までの子どものための」
読み物にはタイトルに＊を添えました。ご
際に、お役立てください）
ISBN コードは 13 桁に対応しております。
総合図書目

未知谷
Publisher Michitani

〒 101-0064　東京都千代田区神田猿楽町 2-5-9
Tel. 03-5281-3751　Fax. 03-5281-3752
http://www.michitani.com

リルケの往復書簡集二種完結

人」「女性」からリルケ宛の手紙は本邦初訳

き詩人への手紙

詩人F・X・カプスからの手紙11通を含む

ー・マリア・リルケ、フランツ・クサーファー・カプス著
リッヒ・ウングラウプ編／安家達也訳

208頁 2000円
978-4-89642-664-9

き女性への手紙

女性リザ・ハイゼからの手紙16通を含む

ー・マリア・リルケ、リザ・ハイゼ 著 ／ 安家達也 訳

176頁 2000円
978-4-89642-722-6

8歳から80歳までの

岩田道夫の世界

子どものためのメルヘン

田道夫作品集　ミクロコスモス ＊

フルカラー A4判並製 256頁 7273円
978-4-89642-685-4

天才だよ、作品が残る。生きた証も人柄も全てそこにある。
それでいいんだ。」（佐藤さとる氏による追悼の言葉）

のない海＊

192頁 1900円
978-4-89642-651-9

靴を穿いたテーブル＊

200頁 2000円
978-4-89642-641-0

れテーブル！　全37篇＋ぷねうま画廊ペン画8頁添

楽の町のレとミとラ＊

144頁 1500円
978-4-89642-632-8

の町でレとミとラが活躍するシュールな20篇。挿絵36点。

ァおじさん物語　春と夏＊

978-4-89642-603-8 192頁 1800円

ァおじさん物語　秋と冬＊

978-4-89642-604-5 224頁 2000円

らあらあらあ　雲の教室＊

ュールなエスプリが冴える！　**連作掌篇集　全45篇**

下に出ている椅子は校長先生なの？　苦手なはずの英語しか喋れない？　空
ら成績の悪い答案で出来た紙飛行機が攻めてくる！　給食のおばさんの鼻歌
いろんな音に繋がって、教室では皆が「らあらあらあ」と笑い出し……

192頁 2000円
978-4-89642-611-3

ふくふくふくシリーズ　フルカラー64頁　各1000円

ふくふくふく **水たまり＊** 978-4-89642-595-6

ふくふくふく **影の散歩＊** 978-4-89642-596-3

ふくふくふく **不思議の犬＊** 978-4-89642-597-0

ふくふく　犬くん　きみは一体何なんだい？　ボクは　ほんとはきっと　風かなにかだと思うよ

イーム・ノームと森の仲間たち＊

128頁 1500円　978-4-89642-584-0

イーム・ノームはすぐれた友だちのザザ・ラパンと恥ずかしがり屋のミーメ嬢、そして森の仲間たちと毎日楽しく暮らしています。イームはなにしろ忘れっぽいので　お話しできるのはここに書き記した９つの物語だけです。「友を愛し、善良であれ」という言葉を作者は大切にしていました。読者のみなさんもこの物語をきっと楽しんでくださることと思います。

幸恵は「こんなお手伝いなんか止めてしまえばいいのにね。町にりっぱな三角帽子メモリアルホールができてるのよ」と言った。

「それって何?」

「町営の葬儀会館よ。すごいりっぱな会館よ」

「そうなんだ。どんどん便利になるね」

「町では自宅で葬式やる家は少ないのよ。私たちだって、同じ町民なんだから利用すればいいのよ。なんか、年寄りって、葬式を人さまというか、よそでやるのを恥だと思っている感じよね。結婚式は、もう、ずっと以前から町営の結婚式場で、この村の人たちもみんなやってるのよ。年寄りって、なんで葬式にそんなにこだわるんだろうね」

「結婚式は自分たちに関係ないけど、葬式は自分たちの最後の大事な儀式なのかもしれないね」

「おっちゃん連中は妙に張り切ってるし、おばちゃん連中も生き生きしてるよね。お手伝いがなくなると、おばちゃん連中も寂しいんだろうね」

と言って、幸恵はくすっと笑った。

その昔は死者を送り出す時、壁を抜いてそこから棺を担ぎ出し、終わるとその壁を塗り込めて、決して死者が戻ってこられないように、戻ってきても入り口が分からないようにしたものだと祖母が話してくれたことを思い出す。死者が出るたびにそんなことしていたら大変だと祖母に問いただしたが、人に聞いた昔の話だと言った。祖母の話は人に聞いた昔の話が多い。そんな話をしたかと思うと、盆にはご先祖さまが戻ってきてなさる、と真顔で言ってのけたりする。死者の霊は戻ってはいけないが、仏さまは歓迎ということらしい。盆の間中、「ご先祖さまが戻ってきてなはるよ。ええ子にしてな、ご先祖さまは全部見てなはるよ」と、祖母は繰り返していた。

迎え火で戻っていたご先祖さまたちも、三日目には帰っていく。夏の夕暮れ、送り火の竹を庭の隅で燃やしながら、パチッと竹の爆ぜる音がすると、「ああ、一人去《い》んなさった、二人去んなさった」と、ご先祖さまの去っていくのを数えながら、祖母は神妙な面もちで送る。あまりにたくさんの爆ぜる音を聞いた時、「いいかげんやな、ばあちゃん。数えたけど、うちのご先祖さまの数より、うんとたくさんの音がしたよ」と指摘すると「お客さんが来てなはったとみえる。どこぞの、戻る家を失うた仏さまが来てなはった。今年は、お客さんが多かった」と、迷うことなく答えた。

読経と焼香が終わるとマサさんの若い孫たちによって、棺が縁側から担ぎ出された。壁をくり抜くことは、さすがにできないが、決して玄関から出してはいけないのだと祖母は言う。吉之さんが位牌を持ち、名前を呼ばれた遺族たちが決められた持ち物を手にして、祖母の後に長い列ができた。和尚の合図で、祖母は静かに先頭をきって歩き始めた。祖母は、ほんとうにゆっくりと火の点いた縄を手に、葬列を引いて行く。その動きは、遺族が、祖母が、村人がマサさんとの別れを惜しむのにはちょうどいい速さだった。私と幸恵も列の後ろを並んで歩いた。風も少し出てきた。空は相変わらずグレイの暗い雲に覆われている。

母の葬儀を思い出す。母の棺には五穀と一緒に、父の爪と髪の毛を懐紙に包んで入れた。先に逝った母が後から来る父と、あの世でうまくめぐり会うためだと、祖母は言った。

五年後に逝った父と、母は会えたのだろうか。マサさんは、何十年も前に逝ってしまった連れあいと、うまく会えるのだろうか。私は真一郎と会うことができるのだろうか。

誰ひとり口を開くものはいなく、風に擦れる笹の音だけが聞こえる。先頭を行く祖母の後ろ姿が見え隠れする。その姿が祖母ではなくて、あの世からマサさんを迎えに来て道先案内している知らない老婆のような錯覚に陥って、体がぶるっと震えた。

杉の木立を抜けると橋が見えてきた。橋を渡ると祖母の役目も終わった。列の最後が橋を渡り切ると、祖母は大役の荷が下りて、ほっとしたように何度もうなずいた。

翌日の元旦は真っ青な空に雲一つない晴天になった。姉一家が訪ねて来て、姪と甥にお年玉を渡して、皆で氏神様に初詣に行き、姉が用意したおせち料理を囲んだ。

「そうそう、ばあちゃんに使ってもらわなならん取って置きの物があるのよ」と言って姉が、押入から真っ赤な絹地に鶴と亀を染め抜いた厚い座布団を出してきた。

「派手な座布団、どうしたの？」

「役場が米寿を過ぎた年寄りに、毎年一枚ずつ敬老の日に配ってくれるのよ」

「じゃあ、今年も一枚もらうんだ」

「こんな座布団より、金一封でも、もらったほうがいいよね」

と言う姉の言葉に「いやいや、こげなりっぱな座布団は、そうそう簡単にこしらえることはできん。ありがたいことじゃ」と、祖母は満足げだ。

「ばあちゃん、この座布団、何枚もらえるかな」

と、姪っ子が座布団の上で飛び跳ねながら言った。

「わしは百まで生きてみようと思うけん、はて、何枚になろうか」

「一ダースも揃ったらすごいね」

ばあちゃんはきっと百まで生きると思うから一ダース揃うよ、と皆が言うと祖母は、「なかなか思い通りにはいかんもんじゃが」と言って嬉しそうに笑った。

翌日、二日には叔母や従姉妹たちが家族で年賀にやってきた。従姉妹の子供たちが、そこらあたりで遊び回っていて、騒がしい一日だった。また来年会おうと約束して、従姉妹たちを見送ると、祖母と私だけの静かな夜に戻った。二人して炬燵で丸くなっている。私は燗酒をちびちび飲んだ。

「ばあちゃんも飲む？」

「正月じゃけん、わしももらおうか」

酒を飲んだ祖母の顔が赤い。

「ばあちゃん、あの火の縄を持つ野ぼての役は、次ぎに死ぬ人だって言うてたよね。そんな役目ってちょっとね。なんか辛いよね」

「何が辛いものか。順番どおりにいったら、こげな目出度いことはない。順番どおりにいかんけん、この世は切ない」

母が亡くなった時、祖母は順番が違うと言って嘆いた。六十を過ぎたばかりだった母に続いて父も逝ってしまった。祖母は嫁と長男を、私たち姉妹は母と父を、立て続けに亡くした。

祖母がいなくなったら、私は「ただいま」と言って、帰る場所もなくなってしまう。

「姉ちゃんの言うように、ご先祖さまのために、私がこの家を守らないけんやろか」

「仏さまのことは、気に掛けんでも大丈夫じゃ。盆に戻ってくる家がのうなった仏さまは、どこぞの家にお客でよばれるじゃろう。それより、おまえはまだ若い。嫁に行け。嫁に行って子を産め」

祖母は、私が今年四十五歳になるということを認識していないのかもしれないが、この『嫁に行って子を産め』という言葉を聞くと、ちょっと元気になる。祖母の揺るぎのない言葉は、まだまだ未来は充分にあるのだと希望を持たせてくれる。

明日からまた、祖母はここで、私は東京で、それぞれ一人の暮らしになる。

「ばあちゃん、また明日から一人になるけど大丈夫？　寂しくなるね。畑を手伝ってくれるマサさんも、もういないしね」

「仕方あるまい。おまえは次ぎはいつ戻る？　盆にはもんてくるか」

「たぶん、夏には戻れない。でも、また来年のお正月には戻ってくるよ」

祖母は帯の間に挟んでいる黄色いバナナの形をした財布を取りだした。私が高校生の頃、敬老の日にプレゼントしたものだ。すり切れて色の剥げた財布から、四つに畳んだ千円札を一枚抜き取って、

「餞別じゃ。汽車の中でミカンでも買うて食べなはい」

と、言って私の手に握らせてくれた。

学生の頃から、帰省して都会に戻っていくたびに、繰り返されたシーンだ。そして台詞はいつも決まっていた。冬はミカンを、夏はアイスキャンデーを買えと言った。

泣きそうになった。

翌朝、まだ日の出前の暗いうちに姉が迎えに来てくれた。祖母に挨拶をしようと部屋の襖をそうっと開けたが、布団の間から白髪の小さな頭を覗かせている祖母は深い眠りの中にいるようで、声は掛けずに襖をしめて家を後にした。

次ぎの人

その年の夏、祖母は盆を待たずして、次ぎの人になった。

北九州市主催　第１回林芙美子文学賞大賞受賞作

サーカスの音

人影もまばらな商店街を抜け南に向かって車を走らせるとすぐに、急な登り坂になった。三十年ほど前に完成した長いトンネルの入り口が、ぽっくりと口を開けて待ち構えている。いくつもの山を貫いているこのトンネルは、『鮎返りトンネル』と名付けられていて、入り口横の壁には鮎が数匹飛び跳ねているモザイク画が施されている。かつてこの山を流れる渓流には、遠く四万十川から登ってきた鮎が背びれを光らせて群れていたのだが、今ではトンネルの壁に、昔を懐かしむかのようにわずかな痕跡があるだけだ。

吸い込まれるように穴の中に入る。一瞬にして視界が暗くなる。ライトを点け、ヘッドライトの光りの先を見つめてアクセルを踏む。前を走る車もなく、惰性でアクセルを踏み込んでいたようだ。気がつくと制限速度を大幅に超過していた。慌ててブレーキを踏みスピードを落とす。ほんの数十秒走っただけで、オレンジ色に照らされたこの穴には終わりがないように思えてきて、胸がざわつきハンドルを握る腕が少し震え始める。エンジンの唸る音、タイヤの軋む音が暗い穴の中で共鳴する。前に進んでいるはずなのに、何かに車体ごと後ろに引きずられているような錯覚に落ち入る。手のひらが汗ばみ頭の芯がぼんやりしてきた頃、遠くに丸い光りが見えてほっとする。

出口に向かってスピードを上げると、車は夏の日差しに光る木立の緑の中に突入する。ここから先は緩いカーブの田園風景だ。片側一車線道路の両側には茅や蔦の夏草が生い茂り、水田には青い稲穂が風に揺れ、色といえば草木の緑と空の青だけが続く。時々、路面に覆いかぶさるように伸びた樹木の小枝を、車体が音を立ててはじき飛ばして行く。

十五年も乗り続けている軽自動車に、大型トラックが地響きを立てて迫ってくる。路肩に寄って先をゆずると、派手にデコレーションされたトラックは、軽くクラクションを鳴らして追い越して行った。

走行距離が十万キロを超えているこの愛車で私はどこにでも行く、といっても私の行動範囲は我が家を中心に、せいぜい半径三十キロメートルといったところだ。高松から宇和島の手前まで高速道路が完成して二十年近くになるが、一度も走ったことはない。インターチェンジの標識を見るたびに、いつかはあのゲートを抜けてみたいと思っているが、今のところ、行く場所もなくその必要もない。そんな話を妹にしたことがある。

「別に高速なんて走ればいいじゃない。あのポンコツ軽でも四国の高速レベルなら、ちゃんと走れるって。そんなに決心のいることかな。姉ちゃん、オーバーなのよ」

と、妹は笑っていた。確かにオーバーなのかもしれない。高速道路を走って松山あたりまで行くことに何を躊躇しているのかと思うが、予定も目的もなくどこかに行くという行為はかなりの勇気を伴うのだ。自分を繋ぎとめる確かなものもなく、風船の糸が切れたみたいに風に飛ばされて、自分の意志とは関係なくどこか見知らぬ場所に流れて行くのではと、幼稚な不安がよぎるのだ。それでいて若いころから私は空想の中で、放浪の旅に出る自分を何度も想像してわくわくしていた。実際、小学校の四年生か五年生の頃、ランドセルに身の回りのものを詰めて見知らぬお遍路さんのあとについて歩き続けたことがあった。結局、覚悟もない思いつきの行動で、暗くなる前に家に戻った。家族は誰も私の行動に気付かなかった。

深い森の山道を過ぎて橋を渡ると藤野の里に着く。川に沿った田んぼ道をゆるい速度で走り実家に到着。もう誰も住んでいない、朽ち果てようとしている家だ。母は二十年近く前に、父は十五年前に他界した。その後、祖母はここでの一人暮らしを貫いた。祖母が逝って六年目になるが、叔父や叔母たちが墓参りに戻ってきたときには、この家で二、三日過ごすことになるから簡単に処分をするわけにもいかない。人の住まなくなった家の劣化は早い。その速度を押さえるために、週に一度は実家を訪ね、風を通して天気のいい日は布団など干すのが私の仕事になっている。町のシルバー人材センターに、庭の草取りや植木の剪定を依頼するのも私の役目だ。父の十三回忌も終わっている。そろそろこの家をどうするか、妹と話をする時期にきているが私も妹も何とか後回しにしたくて、いや、忘れたくてその話題は避けている。

明日は祖母の七回忌の法要に、大阪や松山から叔父や叔母が戻ってくる。お寺に行く前に家に集まることになった、と大阪に住む叔母が勝手に取り仕切って決めてくれた。

お墓掃除はもちろんのこと、畳や廊下に何度も雑巾掛けをして、庭の植木に水をやり、冷たい飲み物にお菓子の準備もしておかなくてはならない。この一週間は毎日そのために走り回っていた。

いつだったか大阪の叔母に、家を処分することも考えている、と言ってみたことがある。

「そりゃあ、恵理子ちゃんたち姉妹で決めたことに反対するつもりはないけど、うちらにとってても生まれて育った懐かしい家やから寂しいわ、もうちょっと頑張ってえな」と、きっちり反対されて私の管理人みたいな仕事は続いている。

「この最中の餡子、代が替わって味が落ちたのとちがう?」

「恵理子ちゃん、こんなメーカーのカステラなんか用意しなくてもええのに。ほら、あの駅前の大判焼き、あれが懐かしいわ。あーいうのがうれしいのよ」

と、叔母たちは好き勝手を言ってくれるのだ。お茶だ、灰皿だ、あれがないこれがないと叔父叔母とその連れ合いたちでこき使ってくれる。

重い気分で家の庭に車を止めた途端、ラインの着信音が鳴った。神戸で一人暮らしの息子の祐太朗からだ。

二カ月前、還暦のお祝いに、「そのうちガラケイは使えなくなるぜ」と言って娘と息子がプレゼントしてくれたスマホは、慣れなくて使いづらい。ラインなるものを設定してくれたが、そんなに頻繁にやり取りがあるわけでもない。

『祐太朗へ。おおばあちゃんの七回忌、ちょうどお盆と重なるから戻ってくるよね』たったこれだけの言葉を綴るのに三十分近くもかかった。祐太朗へと書いた後で、どこか変なところを押したみたいで画面が変わってしまったり、漢字の変換がなかなか出てこなかったりと、イライラさせられてやっと送信すると、どっと疲れが出てしまった。

「電話だと出られなかったりするけど、ラインだったら確実に見て返信するから」と言っていた祐太朗だったが、昨日のラインにやっと今、返信がきた。しかも『盆の休みは予定ありで帰省しません』これだけだった。娘の友子は大阪の大学を卒業したあと、そのまま大阪で就職し家庭を持った。来年は息子の小学校受験とかで、とても帰省できないと早々に連絡をよこしていた。小学校に入るのに受験があるとは、いったいどんな学校に通わせるつもりかと思うが口出しはしない。

夫は勤めていた町役場を六十歳で退職して五年目になる。さほど出世欲もなく、課長補佐という役職止まりで満足していたようだ。退職してからは「毎日サンデー」などとつまらないジョークに一人で気を良くして、天気がよければ釣りざんまいだ。「人生百年時代らしい、元気なうちに再就職の口でも探してみるか」と言っているのは口ばかりで一向に動く気配はない。

東京で一人暮らしの妹にも連絡した。

「ばあちゃんの七回忌やけん、盆には帰っておいで。いろいろ準備もあるし手伝うて欲しいのよ」

「ごめん、長い休みはなかなか取れないのよ。それに、盆の時期は飛行機代も高くついて。ばあちゃんには、姉ちゃんがいればＯＫよ。どこへ行くにも、ばあちゃんのご指名だったじゃない。姉ちゃんとばあちゃんはすごく気が合ってたよね。ばあちゃんのお気に入りだったじゃない」


祖母は、どこかに出かけるとき、「ばあちゃんと一緒に行くか」と言って、たいてい私を連れて出かけた。一緒に行くかと問われると、行き先も聞かず「行く」と答えていた。祖母と出かける時は、子どもの私が興味をもつような場所ではなかったように思う。内容も分からない大人の映画を祖母と並んで観た記憶もある。

小学生の二年か、三年の頃だった。祖母に連れられて、長い時間バスに揺られ遠い山奥の家を訪ねたことがあった。遠いといっても帰りは歩くことになったから、それほど遠い場所ではなかったのかもしれない。

日差しの強い夏の日で、祖母は淡い水色の着物を着ていた。グレイの帯にピンクの帯締めが鮮やかだった。お化粧もしていて、「さあー、行こうかいね」と日傘をさして笑った時、そんなきれいな祖母を見たのは初めてで、何か別の世界を見たようでドキリとした。

「ばあちゃん、今日はよっぽどのよそゆきできれいやな」

「そうかいね、きれいじゃの言うて褒められるとうれしいわいね」

白足袋の祖母の足が動くたびに、下駄の音がカタカタと鳴って、着物の裾がハラハラと動いた。

バスが町を抜けて見たことのない道路を走って、バス停を何個も過ぎた頃、「さあー、着いたよ」と祖母に急かされた。バスを降りて杉林の薄暗い山道を歩いた。時間を気にしていたのか、祖母の足が早くて「ばあちゃん待ってや」と汗だくになって祖母の後ろを追った。やっとたどり着いた場所は、家の前に大きな池があって蓮の花が咲いていた。座敷も縁側も戸が開け放たれていた。静かな家だった。知らないおじいさんと髪の毛が真っ白なおばあさんが「よう来てくれた、暑いとこ大儀じゃたのう」と私たちを迎えてくれた。

「お前はここにおれ」と、私を座敷に待たせて、祖母は奥の部屋に行った。襖が開いて、布団の上に坐っている男の人がちらっと見えた。お見舞いのようだった。時々、咳き込んでいる様子の人と祖母は長い間、話し込んでいた。話声にまじって祖母の明るい笑い声も聞こえた。

「このうちには子どもがおらんけん、遊び相手もおらん。つまらんね」

と言って、おばあさんが梨を剥いてくれたり、お菓子を出してくれたが、家の中は暗くて、早く帰りたくて仕方がないのに、祖母は奥の部屋から出てきそうになかった。

どんどん日が傾いて蜩《ひぐらし》が鳴き始めて、遅くなってバスも終わってしまったから今日はここに泊まると聞かされた時は、必死で抵抗した。明るいうちに家まで辿り着かないから、暗い夜道は危険だからと説得されるのだが、絶対泊まらないと駄々をこねた。知らない家に泊まるのが怖くて、泣きながら帰りたいと訴えた。しかたなく祖母は帰り支度をした。

その家のおじいさんが途中まで送ってくれた。ここからは県道まで一本道だから、よーく知っている道だからと祖母が言って、おじいさんと別れた。夜道をおじいさんに借りた懐中電灯を頼りに祖母と歩いた。祖母は黙って歩いていて、田んぼでは蛙が、がなり立てるように鳴いていた。蛙は私たちの気配を察知するとピタリと鳴くのをやめた。

「ばあちゃん、あの家に泊まりたかった?」

「いいや、泊まらんでよかったよ」

「あの家の人、病気やったん?」

「もう、長いこと患っておんなさるね」

「病気は治るの?」

「さあ、どうじゃろうね」

「病気の人、ばあちゃんのよーく知っとる人?」

「ばあちゃんの従兄じゃね。お前と俊夫みたいなもんじゃ」

俊夫君は松山で暮らす叔父さんの子どもだ。お正月やお祭りには顔を会わす。夏休みには川で一緒に泳いだり、花火大会で遊んだ。今年のお正月、大人みたいに、たくさん年賀状を出したくて、俊夫君にも出した。すぐに手描きのイラスト付きの返事をくれて、うれしかった。

どうしても帰ると言いはったことを、少し後悔した。


「べつに気が合ってたわけじゃないよ。それより、あんた、お父さんの十三回忌に帰ってから、一度も帰ってないじゃないの。一人で身軽なんだし、少しは実家のことも考えてほしいのよね」

「しようがないよ。いろいろ忙しいのよ。それに、この歳でいまだに独り身だと、田舎に帰ると肩身が狭いのよね。うるさいやろ、親戚のおっちゃんやおばちゃんたち。それに何もかもご存知の近所の人たち。ハッピーな姉ちゃんには、分からないと思うけどさ」

電話を切ると、「さ」って何よ、「さ」って、東京ぶって、と独り言がついて出た。

妹が東京の大学を出てそのまま就職すると、「あんたは近くに嫁いで、母ちゃんのそばにおってね」と、言うのが母の口癖になっていた。

私は、高校を卒業して地元の銀行に五年勤めて、友人の紹介で夫と出逢い、二年ほど付き合って結婚した。母の希望を叶えたかったわけじゃないが、私は四国のこの土地を離れて暮らしたことがない。

家に着いて玄関の引き戸を開ける。セメントの土間に立つと、人の住んでいない冷やりとした空気と何か分からないこの家独特の匂いがする。カビなのか、古い畳なのか、天井や押し入れの奥深くに身をひそめている生きものなのか、襖や障子に染み付いた線香の香りのようなものもあいまって、逃げることのできないこの家の匂いに絡み取られる。

まずはすべての戸や窓を開け放す。風が通り抜けると一気に家の空気が爽やかになって、襖や障子が静かに起き上がってくるようだ。とっくに解約して決してかかってくることのない電話機、縁側に積まれた座布団、母が使っていたミシン、卓袱台、食器がそのままの水屋。無機質なものでも人との暮らしの中で活かされていたときは、それなりに熱のようなもの、力のようなものが保たれていたそれらも、今では硬く冷たいただの物になってしまった。

「さてと」と声に出して気合いを入れ、お盆の祭壇づくりのため、納戸から鎌を掴んで芭蕉の葉を取りに近くの川に向かう。

川べりには、芭蕉の木があちこちに自生している。見た目はバナナの木のようで葉っぱはまさにバナナの葉だが、バナナが実ることはない。

芭蕉葉は仏事には欠かせない。祖母が元気なときは、二人でよくこの川原に芭蕉葉を取りにきた。祖母を土手の上で待たせて、夏草の繁る川原に下りていく。足元に茂る草を鎌で切り倒して足場を作っていくと、草を刈ったときの青臭い匂いが立ち上がる。鎌を使って芭蕉の葉を根本から刈り取る。

「ばあちゃん、このくらいでいいかな？」

「もう、二、三枚取ってもらおうかいね」
五、六枚の芭蕉葉を両手で抱えて、祖母と田んぼ道を歩いた。祖母とのそんな時間が永遠に続くような気がしていた。あの時、祖母はゴホゴホと軽い咳をしていた。医者には咳が取れるまで休んでいるように言われていたが、いつまでも布団の中にいるのは嫌なのだと、祖母は動き回っていた。
最後に祖母と祭壇作りをした日を思い出しながら、仏壇のまわりを花柴と芭蕉葉でぐるりと囲ってアーチを作る。ところどころに栗の枝を差してアクセントをつける。これが正しい形かどうかは分からないが、父がやっていたとおりに飾り付ける。父は何事にも自由な人だったから、これも父の勝手な思いつきでやっていたのかもしれない。祖母は、好きなように飾り付けたらええ、決まり事などあってないようなものだと言った。

繰り出し位牌を手前に出して観音を開ける。繰り出しの一番手前は祖母のお位牌だ。その後ろに父、そして母、祖父と続く。そのまた後ろのご先祖様には会ったことがない。仏壇の手前に細長い台をセットして錦の布を敷く、芭蕉葉を置いて菓子や果物を供える。押し入れから盆提灯も出して左右に飾り、電源を入れてみる。影絵が回る。影絵を眺めていると飽きなくて時間が過ぎる。

「ばあちゃん、完璧やな」

「これで、あとは迎え火を焚いたら、いつ、仏さんが戻ってきなはってもええね」

祖母と交わした会話が甦る。

あの日、「今日は、ばあちゃんと一緒に晩ご飯済ませてから帰るね」と言うと、「それはそれは」と、喜んでくれた。柔らかめにご飯を炊いて、祖母の好きな鰻を買ってきて、うな丼を作った。茗荷の吸い物に瓜の漬け物を添えた。

「ばあちゃん、やっぱり鰻はおいしいね」

「ああー、ご馳走じゃね。これは、前の川で誰ぞが獲ってきた鰻かいね、お前が捌いたのかい」

「ばあちゃん、この頃はな、前の川でもめったに鰻は獲れんのよ。これはスーパーで買うてきた養殖の鰻。捌いて蒲焼きになって売っておるんよ」

「そうかい、そりゃあ、りっぱなものを食べさせてもろうて、ありがたいことよ」

「ばあちゃん、今は養殖の方が安いんよ。天然物は貴重で、ほとんどが高級な料亭にまわるの」

祖母は、意味が理解できないようで、こげなうまいものはない、とゆっくり箸を進めている。箸を動かしながら、やっぱり咳が続いていた。

「ばあちゃん、咳がとれんね。ちゃんと診てもらわないけんな」

「なーに、たいしたことはないがの。それより、ほれ、晴義のおっちゃんからハガキが来ておるぞ」

大阪で暮らす叔父から暑中見舞いが届いていた。祖母はそれをうれしそうに見せてくれた。ちゃんと漢字とひらがなで、秋のお彼岸には家族で里帰りをする予定だと書かれている。私が子どもの頃、叔父や叔母から祖母に送られてくるハガキはカタカナで書かれていた。どうして電報のようなハガキなのかと不思議だった。

宿題をしていた。読めない漢字が出てきて、辞書を引くのが面倒で母を捜したがいなかったので、庭で洗濯物を取り込んでいる祖母に聞いた。

「ばあちゃん、この漢字、なんて読むの？　どういう意味？」

「ばあちゃんは漢字はあんまり読めんよ」

「どうして？　大人なのに」

大人は誰でも漢字が読めると思っていた。

「ちゃんと学校に行けなんだもんね」

「そうなん。ばあちゃん、学校に行けなんだん？　中学校も高校も行けなんだん？」

「行けなんだね。小学校もろくに行けずに、この家の本家に子守りに来たのが十五の時で、じいちゃんの嫁になったのが十七の時やったね」

「ふーん、それでじいちゃんと知り合いになって、好きになって結婚したん？」

「好きじゃのいうようなもんでもなかろうね。それが一番ええいうて親に勧められたけんね」

と、祖母は笑って言った。

「ばあちゃん、漢字、読めるようになりたい？」

「ああー、なりたいね。面白いことがぎょうさん書いてある新聞や本が、読めるようになったら、ええね」

「うちが、ばあちゃんに教えてあげる」

「そりゃあ、ありがたいね」

ちょうどその頃、離れで祖父母と暮らしていた叔母が嫁ぐことになった。父の一番下の妹だ。叔母が嫁ぐと、離れは祖父と祖母の二人だけになった。「ばあちゃんとこで宿題する」と、母に告げて夕食を済ませると、ランドセルを担いで離れに走った。祖母は障子紙をノートほどの大きさに切って、そこに鉛筆で、私と同じ漢字の書き取りをした。たいてい私より、祖母のほうが早く覚えてしまって、もの足りない様子だった。小学六年生までに覚える漢字のドリルは、私が四年生の時には、祖母はすべてマスターした。

養蚕をしていた我が家では、年に数回、蚕の時期になると、父、母、祖父も祖母も総出で、蚕の世話をしなくてはならない。祖母は夜も忙しく、そうなると漢字の勉強どころではなかったし、私のほうは何かのテレビドラマに夢中になったりして、祖母との勉強会も、いつの間にか途絶えてしまった。その後、正月の時だったが、叔父が帰省した時「ばあちゃんは、いつの間にか漢字を覚えていて、漢字と平仮名のちゃんとした手紙をもらってびっくりしたよ。恵理子が教えてくれたんだって。恵理子は、ばあちゃんの先生だな」と、褒めてくれた。

翌日、昼過ぎに祖母を訪ねた。私の顔を見ると「お前を待っておった。町のパーマ屋に連れて行ってくれ、髪を洗うてカットを頼みたいのよ」と言った。ヘルパーさんにお願いしている週に一度の洗髪で充分だと言っていた祖母が、珍しくそんな気になったようで、着替えを済ませて待っていた。いつも着けている割烹着を外して、うす紫のサマーカーディガンを羽織ってモンペではなくスラックスに穿き替えて、祖母にしたらかなり気合いの入ったお出かけファッションだ。時間がかかっただろうが、「きれいにしてもらいに行くときはきれいにして行かないけん」という祖母の決め事は、今も守られている。祖母の髪は、ほとんど白髪だが黒髪も少し残っていて頭髪そのものにも力強いこしがあって豊かだ。

行きつけの美容室でシャンプーとカットをした祖母は、十歳ほど若返ったようだった。

「ばあちゃん、きれいになったね」と言うと、祖母は「そうかいね」と満足そうに髪に手をやって笑った。

美容室に行った翌日、祖母の訪問介護をしてもらっているヘルパーさんから電話があった。

「縁側に坐って機嫌よう話をしよったんですよ。急に立ち上がれんと言いなって、様子がおかしいんで病院に連れてきたところです」

肺炎を起こしていて、そのまま入院したが危険な状態との知らせだった。

車に飛び乗って病院に向かった。トンネルの中、前を走る車のテールランプだけを見つめてその後ろを走りながら、自分の呑気さに呆れた。ずっと咳をしていたのに、何の根拠もなく、『ばあちゃんは大丈夫』と思っていた。百歳でも百二十歳になっても祖母はそこに居ると思っていた。暗い穴の中を走りながら、もしかしたら祖母はもうこちら側の人間ではないかもしれないとの思いが頭をよぎった。

病院の駐車場にはびっしり車が停まっていて、空きスペースがなかった。道端にでも止めて、とりあえず祖母の様子をみるのが先決のはずなのに、空いてもいない駐車場をぐるぐる回っていた。やっと一台出て行った場所に車を滑り込ませて病院に走り込んだ。

祖母はナースステーション横の個室に寝かされていた。ベッドの祖母はあまりに小さくて、子どもが寝ているほどにしか見えなかった。

「ばあちゃん、うち、恵理子よ。分かる?」

声をかけると、祖母はパチッと目を開いてじっと私を見た。確かに私を見ているはずなのに焦点が合わず、私の頭の奥の奥をじっと観察しているような瞳だった。

医師は肺がほとんど真っ白になったレントゲン写真を示して、小さな息をやっとしているような状態だと言った。意識はあるのかと聞くと、「声はちゃんと聞こえていますよ」と経験したことがあるように自信たっぷりに言い切った。そして、時間はそれほどないから、会わせたい人がいたら会わせてあげるようにと言った。近くに暮らす叔母と叔父に知らせた。

話しかけたら聞こえていると言った医者の言葉を信じて、「三間のおっちゃんと国遠のおばちゃんがもうすぐ来てくれるよ」と耳元で話しかけたが、何の反応もなくてどこまで意識があるか分からなかった。

それでも、髪の毛が気になっているのか、祖母は時々、頭に手をやって確かめるように髪を撫で付けた。

病室の窓から西日が赤く差し込んでいた。こんこんと眠り続けていた祖母が突然、はじけたように起き上がってベッドから下りようとした。急に回復したのかと驚いたが、どうやら様子がおかしい。

「ばあちゃん、どうしたの?」

「ちょっと行ってくるけんの」

どこかに出かけようとした。

「ばあちゃん、急にどうしたの? どこに行くの?」

「サーカスが来とる。ほれ、音が鳴りよる。お前も、ばあちゃんと一緒に行くか?」はっきりそう言った。そして、そのまま意識が戻ることなく眠り込むように逝った。

三々五々、法事のために叔父たちが帰省してくる。

夫に「ばあちゃんの七回忌やけん、ぜったい来るよね」と、念を押したら、「すまん、釣りの約束を忘れておったわい。叔父さんたちによろしゅうに言うとってくれ」と、平気でドタキャンした。釣りとばあちゃんの七回忌とどっちが大事なのだと詰め寄ると、「死んでしもうた人に義理立てしてもしかたないやろう。それより今生きておる人間との友情を大切にするほうが大事と思うぜ」と屁理屈を言った。

「義理を立てないけんのは、死んだばあちゃんにじゃなくて、叔父さんや叔母さんたちに対してやがね」

「叔父さんや叔母さんたちに俺、義理立てする気はないぜ」

結局、家族は誰も参加せず何も手伝ってはくれない。

叔父たちは、

「恵理子ちゃん、川下の辺りに都会的な家が何軒も建ったね。山里の雰囲気にマッチしないんじゃないの、あの赤い屋根」

「確かに、あれは、風景を損ねるな」

などと、好き勝手ことを言ってくれる。

田舎には田舎の事情がある、風景だって変わるのだ。

お寺で法要を済ませ、お墓参りをして町の料理屋で精進落しをした。

「ばあちゃんは、とうとう最後まで一人暮らしを貫いたね」

「役場の保健師さんや、うちらも老人ホームを進めたんやけど、あんな小学校の老人ホームなんか行きとうないって。頑固だもんね」

「廃校になった小学校を老人ホームにしたアイデアは良かったけど、いまいち人気がないみたいね」

「まあー、恵理子ちゃんのおかげで、ばあちゃんは幸せな老後だったよ」

叔父たちの話題は、祖母が十代で祖父に嫁いできたことに移る。

「おふくろは嫁に来た時、早く帰りたくて、いつになったら帰ってええですかって親父に聞いたらしいよ。子どもを産んだら帰ってもええって言われて兄貴を産んで、結局八人も子どもを作ることになったんだよな」

「いまじゃあ、考えられないよなー」

「おふくろ、自分で何か決めて自由に行動するなんてこと、一度もなかったかもしれんな」

「おふくろ、何か楽しみとか趣味とかあったのかな」

「ばあちゃん、病院で亡くなる前日、ほとんど意識もなかったはずやけど、突然起き出してサーカスに行くって言うたんですよ。それが、ばあちゃんの最期の言葉やったんですよ」

「ええー、そんなこと言うたん。子どもの頃でも思い出しておったんかね」

と、私の言葉に叔母たちは笑っている。

「ばあちゃんは、サーカスの踊り子になりたかったんじゃないかな。時代が違っていたら、ダンサーになりたかったのかもしれん」

「まさか、恵理子ちゃんの思い込みよ」

「おふくろとサーカスの踊り子はピンとこないなー」

「第一、おふくろ、サーカスなんか観に行ったことあったのかな」


年に一度、刈り入れの終わった秋の彼岸の頃、和霊神社の境内の広場にサーカスのテントが立った。サーカスがやって来ると、田んぼ道まで宣伝カーが走る。車の拡声器から流れるサーカスの音楽は、賑やかな打楽器や管楽器、快活なリズムなのに、どこか胸に滲みるような哀しい旋律が重なっている。田畑で仕事をしている大人たちは、手を止めて音楽に耳を傾けていた。

私は、その頃お気に入りのレンガ色のワンピース、襟と袖のところに白いレースがあしらってあるよそゆきの服を着て、祖母は着物に黒い羽織で、私と祖母はサーカスを観に出かけた。

「あれまあー、ばあちゃん、サーカス観に行くのに紋付の羽織ですかいな。なんぞのお祝い事にでも行くようないでたちですなー」

母の呆れた顔に送られて、私と祖母は晴れ着姿でサーカスに向かう。県道まで田んぼ道を歩く。あぜ道を彼岸花が紅く染めていて、道端に繁る草の緑とのコントラストで目が痛いほどだ。二時間に一本程度のバスは時間もけっこういい加減で、遅れて来る場合はいいけれど、十分も十五分も早く来ることもあったから、私たちは三十分も早くバス停に着いてバスを待った。

屋根もなければベンチもない、ただブリキの看板がぽつりと立っているバス停でバスを待つ。それでも、サーカスが待っているから少しも苦にならなかった。

土煙を白く立たせてやっとバスが来た。バスに乗り込んで祖母と並んで坐る。「和霊神社前まで」と、切符を買う祖母の声で、また一つサーカスに近づく。七曲がりと呼ばれている道路をバスが走って、山を越える。一つ山を越えるとまた次の山が現れる。道路は狭く一台の車がやっとだ。対向車が来ると行き違いのためにバスは何度もスペースのある場所までバックする。車掌が降りて笛を吹く。運転手は窓から顔を出して慎重にバックする。そのたびにサーカスに間に合うかしらと心配になる。

「ばあちゃん、サーカスが始まってしまうよ」

「心配せんでも、大丈夫じゃ。早う着き過ぎるぐらいじゃ」

祖母の言うとおり、私たちはずいぶん余裕を持って出かけたみたいだった。バスを降りるとすぐ目の前に黒い大きなテントが張られていたが、人影はなく鮮やかな色とりどりの幟がはためいているだけだった。

「ばあちゃん、もしかしてサーカスは今日はお休みじゃないよね」

「いいや、サーカスに休みはないぞね」

祖母はまるでサーカスの人みたいに言い切った。サーカスが始まるまで神社の周りを歩いた。同じ場所を何度も歩いて時間を潰していると、突然、音楽が鳴り響いた。曲名なんかは分からないが、サーカスの音楽だ。

「ばあちゃん、早う、早う」

「慌てんでもサーカスは逃げりゃせんがね」

のんびり構えている祖母を急かせて走る。

テントに戻ると、いつの間にか人が大勢集まっていて、呼び込みをする人の大声と賑やかな音楽で、そこは別世界になっていた。祖母が大人一枚、子ども一枚と言って切符を買った。入り口に向かうと、係の人が長い暖簾のような布をぱらりと持ち上げてテントの中に入れてくれた。

テントの中は薄暗く、真ん中に舞台があって、それを半円の客席が囲んで階段式に広がっていた。私と祖母は半円の端の、前から三番目あたりに坐った。椅子は固くて少しお尻が痛かった。舞台はまだ暗いけれど音楽がかかっていて、どこからともなく白粉のようないい匂いと埃っぽい臭いが一緒になって漂ってきた。

客席はいっぱいになったが、サーカスはなかなか始まらず少し眠くなった。祖母が差し出した水筒のお茶を飲んでいると、ぱっと舞台が明るくなって、音楽に合わせて赤い長靴にだぶだぶのトランプ模様のような服を着た人が飛び出してきた。背の高さは私くらいしかなかったが、顔はおじいさんのように見えた。最初は象と象使いが出てきたが、舞台の上をのそのそと歩くばかりで面白くなかった。ライオンも檻の中で静かに坐ってばかりのようだと思っていたら、猛獣使いが、用意されていた数個の輪に次々と火を放つと、ライオンは、猛獣使いの指示どおりに火の輪の中を飛んだ。ライオンが火の輪を抜けるたびに歓声と拍手が起きた。舞台の端から端に張られた綱渡りは、はらはらしながら見た。袴を穿いた女の人が、下から投げられるボールや傘を受け取って、綱渡りをしながら傘の上でボールを回している。舞台の端では、金属の編み目のような大きな球体があった。二台のバイクがその球体の中に入って走りはじめた。横になったり縦になったりしながら二台のバイクはぶつかることなく、エンジン音を響かせて球体の内側を走っていた。

ピンクのふわふわしたバレリーナーのようなスカートをはいて、白いタイツ姿のお姉さんが二人、奥から出てきた。青いアイシャドウも、胸の大きく開いた衣裳もびっくりするほどきれいだった。綱が降りてきてそれに腕と足を絡ませると、するすると高い天井のブランコまで上がって行った。それからはずっと上ばかりを見ていた。遙か高いところでブランコが左右に揺れている。二人の踊り子はブランコからブランコへ飛び移って、くるりと向きを変えたり宙返りをしたり、羽が生えて空中を飛んでいるようだった。最初は、落ちたりしないのかな、落ちたらどうなるのかな、とドキドキして見ていたのだけど、いつの間にか自分もあの高いところで一緒に飛び跳ねているような気になって、気持ちはすっかり空中ブランコの踊り子になっていた。

「すごいな、ばあちゃん」

隣で同じように天を仰いでいる祖母に声を掛けたが、祖母は私の声など聞こえてないようだった。空中のブランコに見入っている祖母は、私よりも歳下の女の子のように見えた。瞳をキラキラさせて、胸の前で両手をぎゅーっと握りしめていて、そのままどこかに行ってしまいそうだった。

二人の踊り子は、曲芸が終わると、にこやかな笑顔で舞台の端から端を歩き回って客席にあいさつをして、大きな喝采を受けると舞台の奥に消えた。

気が付いたら「ありがとうございました。お気をつけてお帰りください」というアナウンスが流れていた。私も祖母もぼんやりしていて、なかなか椅子から立ち上がれなかった。あんなに楽しみだったサーカスが終わってしまった。終わってしまうと、どうしていいか分からないほど寂しかった。昨夜からのあのわくわく感や、今日のバスの中の時間を最初からもう一度やり直したかった。

「もうおしまいやね、ばあちゃん」

「ああー、おしまい、おしまい」

子どものようだった祖母が、いつもの祖母に戻っていた。

テントを出ると、あまりの明るさに祖母も私も一瞬眼がくらんで立ち止まった。中と外、違う二つの世界がテントの布一枚で隔てられていた。

「神社にお参りして帰ろうかいね」

祖母と私は境内に向かう石段を目指して、人の流れとは反対にテントの裏側に回った。太陽がテントを照らしてして、真っ黒だと思っていたテントのあちこちが陽にやけて色素をなくして白っぽく見えた。石段に近づいて、ふと振り向くと、テントの影で洗濯をしている人がいた。大きなカナダライの前にしゃがんでゴシゴシと何かを洗っている。洗濯機はないのだろうかと思った。よく見るとさっきの空中ブランコの踊り子さんだった。青いアイシャドウもそのままだったし、胸の開いたピンクの衣裳もそのままだったが、舞台で妖精のように飛んでいた踊り子さんは、なんだかとても寂しそうで、キラキラ光る衣裳とタライがどこか奇妙でチグハグだった。折り曲げた足を包む真っ白いはずのタイツに、小さな穴が開いていて、膝からくるぶしに向かって細い線になって肌色がのぞいている。踊り子さんは私たちの方にちらっと顔を向けたが、さっき見たあの輝くような笑顔はどこにもなく、すぐに目をそらせた。祖母もその様子をじっとみていたが、私の手を引いて石段を登り始めた。

「ばあちゃん、ブランコの女の人が、洗濯してたね」

「いいや、ブランコの人と洗濯の人は違う人やったよ」
祖母は目が悪いのかもしれない。そんなことはない、ブランコの人だったと言いかけて祖母を見上げると、祖母の横顔もどこか寂しそうで、踊り子さんが洗濯をしていた、ただそれだけなのに、見てはいけないものを見たような、胸のあたりがスースーするような気持ちになった。石段を上がりきっても祖母は私の手を握ったままだった。高台にある境内には海からの風が吹き抜けていて、微かに潮の匂いがする。街並を眺めると、遠くに見える宇和島城の天守閣も、手前のサーカスのテントも何もかも模型のように小さく見えた。神社にお参りをして、また、テントの脇を通ってバス停でバスを待ってバスに揺られて、家に着いた時はすっかり夕暮れになっていた。

叔母たちは知らない、あのサーカスを観ているときの祖母の眼差しを。祖母はサーカスの踊り子になって西から東、北から南へと世界中を旅してまわることを夢見ていたのだ。祖母がどこかに出かけるたびに「ばあちゃんと一緒に行くか?」と、私を連れて行ったのは、帰ってくるためのおまじないだったのかもしれない。私がいれば帰らなくてはならない。私がいなければ、タガが外れてしまう。私がいなければ、帰ってこなかったのではないかしらと思うのは、私の勝手な思い込みだろうか。

精進落しが終わると、叔父や叔母たちはそれぞれの場所に帰っていった。

妹に無事法事が終わったことを電話で告げる。

「お疲れさん、やっぱり姉ちゃんが地元で頑張ってくれてると助かるわ」

「私だって還暦も過ぎたし、いつまで家の管理ができるか分からんもんね」

「姉ちゃん、そろそろあの家に執着するの、やめてもいいんじゃない」

「好きでやってるわけじゃないのよ。執着してるのは、遠くから眺めているあんたや叔母さんたちでしょ」

妹は私と言い争いになるのを避けるように「とにかく、姉ちゃん、ありがとう。次はきっと帰るから」と、ことさら陽気に言って電話を切った。

静かな日常に戻って、私は相変わらず実家の掃除に通っている。

『宇和島駅まで迎えたのむ』と夫からのラインが届く。

自分の車は車検に出している、今日は電車になるから迎えに来てくれ、帰りは大量の獲れた魚で荷物が重量級になる、そんな今朝の夫の一方的な言葉を思い出す。

夫を駅に迎えに行く。ロータリーで、釣り道具を抱え派手な赤いキャップを被った夫が手を振っている。

「このくらいのチヌを五匹も釣ったぞ」

車のトランクに荷物を詰め込んで助手席に滑り込んだ途端、この日の釣果の報告が始まった。喜々とした夫の声を聞きながら、車を走らせる。

和霊神社の前で車を止めた。

「ちょっと待ってて」

「なんぞ、トイレか?」

車を降りて広場に向かう。高台の鳥居も、手前の広場も松の木も昔と変わらない。バス停も同じところにある。でも、もう、サーカスは来ない。ここにあのサーカスの音はないし、黒いテントもない。テントの代わりにサッカーコートが作られていて、少年たちがボールを蹴っている。あんなに広いと思っていた場所は、ミニサッカーコート一つ分の広さだった。広場をぐるりと歩く。

あの日、空中ブランコを見つめていた祖母の歳は、今の私と同じくらいのはずだ。もしかしたらもっと若かったかもしれない。〝ばあちゃん〟なんて呼ばれていたけど、まだ何だってできる、どこにだって行ける、もしかしたら違う何かになれるかもしれない、そんな歳だったはずだ。

十代の祖母を想像する。小柄でチャーミングな少女がサーカス団のあとを追いかけて「私を空中ブランコの踊り子にしてください」と団長さんに頼んでいる。りっぱな口ひげのちょっと怖そうな団長さんは、「だめだめ、空中ブランコの踊り子なんて簡単になれるもんじゃない」と、けんもほろろだ。それでも何度も頼み込む少女に根負けして団長さんは祖母の願いを聞き入れてくれる。こうして祖母の日本中をまわる、もしかしたら世界中を巡る旅が始まるのだ。厳しい稽古をクリアして、サーカス一の人気踊り子になった祖母は、テントの空中高くブランコからブランコに飛び跳ねている。

サッカーに興じる少年たちの声が音楽のように聞こえる。

夫が退屈そうに待っている車に戻る。

私は、シートベルトを締めると、エンジンをかけながら言った。

「ああー、つまらん。どこかに行きたいな」

夫がびっくりして顔を向ける。

「どうしたんぞ？　なんぞあったんか？」

「どうもせん。なーんにもない」

横顔に夫の視線を強く感じる。

「よっしゃ、任せとけ、今度ええとこ連れていってやるよ」

「ええー？　どこに？」

「あのな、誰にも言うたらいけんぞ。秘密のポイントを見つけたんじゃ。チヌが群れておるんじゃ。なんぼでも釣れるぞ」

「魚釣りは興味ないわ」

「釣れたら面白いぞ。何もかも忘れて夢中になれるぞ」

釣りの話を始めた夫の声が遠くなっていく。

どこかでサーカスの音が鳴っている。祖母と行ったあのサーカスの音楽だ。

ガソリンは満タンにしたばかりだ。どこにだって行ける。

「おい、家の方向と違うぞ」

「あんた、これから一緒にサーカス観にいかへん」

「おいおい、まだボケるのは早いぞ。今どき、どこっちゃサーカスなんぞやっておらんぞ」

夫に笑いかける。

夫は知らない人を見るような目で、不安そうに私を凝視している。

とりあえず、半径三十キロから脱出しなくてはならない。高速道路ができて二十年以上も経つのにまだ走っていなかった。〝宇和島北ＩＣ〟の標識に向かってアクセルを踏み込む。

ポンコツ軽は気持ち良くエンジン音を響かせた。

小面

宅配便が届いた。依頼主は田端市子。この時期、待ちかねていた長岡京から届く朝採りの筍のはずだった。受け取った荷物は驚くほど軽く、品名の欄には雑貨とだけ書かれていた。段ボールの中には丁寧に何重にも気泡シートで包まれた紫色の風呂敷包みがあった。包みを開くと紐のかかった桐箱が出てきた。箱の蓋を取ると、綿入りの面袋の中に市子の打った能面が入っていた。手紙はおろか、一枚のメモさえなかった。市子に電話をするが固定もスマホも通じない。

三年前、五月の連休を利用して京都で一人暮らしをする市子の家を訪れた。

市子は父親が他界して相続した遺産で京都府長岡京市に家を構えた。これで一人暮らしの覚悟ができた、ここで死ぬまで暮らすのだと言った。「何といっても家の周りの竹林がすばらしいの。留実子に見てほしいのよ。新幹線で二時間半でしょう、もう、あっという間じゃない、早く来て」という誘いに、新居訪問が実現したのは家の完成を聞いて二年近くが経っていた。

京都は、わたしが十八歳から十五年間過ごした場所だ。夫に京都行きの計画を告げると、行くじゃなくて帰るでしょ、と笑っている。東京に暮らして二十五年近く経った今でもわたしにとって京都は、行くところではなく帰るところだった。

学生の頃、下宿していた町家の格子戸のカラカラという音、演劇サークルで仲間たちと過ごした西部講堂の埃臭い空気、アルバイト先の百万遍の喫茶店、勤めていたデザイン事務所の窓から見える西本願寺の瓦の色、市バスの窓から眺めた賀茂川の流れ、もう何もかも胸が痛くなるほど懐かしいのだ。

久し振りの京都にわくわくしながら、三泊四日でお世話になりたいと市子に連絡すると、やっと腰をあげたんだ、と市子もまた電話口ではしゃぐ様子が手に取るようだった。

市子との出逢いは二十四歳の時で、わたしが勤めていたデザイン事務所に、市子が二年遅れで入社してきた。入社したばかりの頃、市子には周りを寄せ付けないバリアのようなものもあって、とても気が合うとは思えなかった。それでもしばらくすると、見習い修行のような厳しい日々のなかで、同い年のわたしたちは助け合う同志のような存在になっていった。

七条油小路上ル、ビルの三階にある事務所には、デザイナー四名、コピーライター二名、イラストレーター二名という構成で社長を入れて総勢九名のスタッフが机を並べていた。カラーインクやガッシュの棚、B全サイズのケント紙を収納する広い引き出し、各自の机には手元を照らすZライト、水を張った筆洗《ひっせん》、ソルベックスの匂い、事務所というより工房といったほうがぴったりの空間だった。デザインやイラストがコンピュータで作成されるようになって、パソコンの扱いに苦労するのは、このデザイン事務所を卒業してフリーランサーになった頃だ。

社長は現役のデザイナーで、社長というより師匠という存在で、仕事には容赦がなかった。ラフスケッチを提出するたびにダメ出しで、どこをどうすればいいのか教えて欲しいと言えば、「考えて分からんようならデザイナーやめなはれ」と突き放された。

師匠のオーケーがもらえず、わたしが一人で残業をしていたときのことだ。一度退社していた市子が夜中に職場に戻ってきた。「今日だけよ、いつもじゃないからね」と言って届けてくれたシラスのおにぎりと卵焼はびっくりするほどおいしかった。手作りだというキュウリのぬか漬けも浅漬けの感じが絶妙だった。この時わたしは初めて、市子が料理好きでけっこうな腕前だと知った。糠床をかき回している市子を想像すると、生活臭を感じさせないそのビジュアルとのギャップが可笑しかった。

わたしたちは真夜中の工房のような仕事場で、二人しておにぎりをほお張りながらいつまでも話し込んでいた。あの時、何のデザインで悪戦苦闘していたのか、翌日、師匠のオーケーがちゃんともらえたのかは覚えていない。

そんなことがきっかけで、お互いのアパートを行き来するようになり、わたしたちは気のおけない女ともだちとして親しくなっていった。

社内旅行で金沢に行った時には、二人でお揃いのマグカップを買った。

「これ記念に同じのを買おうよ」

確か、市子が提案した。土産用の安価なマグカップで、白地に青でピエロの絵が描かれていた。仕事場で二人して机の端に置いていると、

「あれっ、お揃いのカップで、あんたら仲ええな。そやけど、いつまでも学生気分が抜けてへんのと違うか」

と、先輩に嫌みを言われた。

その頃だった。学生の時から付き合っていた彼氏が、親友と思っていたわたしの友人と付き合っていることを知った。別れを告げたが、嫉妬や腹立たしさに苛まれて最低の気分が続いていた。市子はわたしの愚痴を黙って聞いてくれた。

寺町商店街の冬の大売り出しの新聞広告を制作していた。ラフスケッチを描いて、ブーツやパンプスの写真を組み合わせてデザインする。『クリスマスセール大特価』の文字をレイアウトしていると、何の脈絡もなく突然情けなさや悔しさが込み上がってきた。こんなところで泣いたらアホみたいだと思えば思うほど涙が流れてどうしようもなかった。レイアウトの台紙や写植の印画紙を前に嗚咽している異常なわたしの状態に、まわりの数人が気遣ったり引いたりしているのも分かった。隣の席の市子がメモをそっと机に置いた。

『泣くな。バカに見える。今日、仕事終わったら上七軒に行こう』

と、書かれていた。

上七軒に、昔、芸妓をやっていたという名物女将のいる居酒屋があって、以前から一度行ってみたいと話していた。

目立つ看板もなく町家の一角に、さりげなくその店はあった。一見《いちげん》では敷居が高そうなその店の引き戸を、市子は常連みたいな余裕で引いた。入ってみるとカウンターだけの小さな小料理屋だった。鮒ずしと玉ねぎの油焼きで燗酒を飲んだ。わたしたちは粋なつもりだったが、ちっとも馴染んでなかっただろうと今は思う。

女将は七十歳はとうに超えていそうな年齢だった。市子と女将の会話を聞いていると、どうやら市子の父親の馴染みの店のようだった。

「若い人は、よろしいな」

「若いからアホです。こけてばっかりです」

「そりゃあ、当たり前どすがな。あんさんらの若さで、あてほどの知恵があったら怖いもんおへんなー、天下とれますわなー。あてぐらいの歳になるまでには、何べんでもこけてもらわな」

女将の言う天下とはどんなものなのだろうかと思うが想像もつかない。この先いったい何回こけるのだろうと思いながら、いつの間にか女将の話に引き込まれて、笑い転げていた。

帰り支度をして、ここの支払い額を想像していると市子が、

「お勘定は父にお願いします」

と言った。

「へえ、おおきに。田端の旦那さんから、ぎょうさんにいただきますさかい。おきばりやす」

と言って女将は表通りまで送ってくれた。

帰り道、酔っ払いのわたしたちは中学生みたいに腕を組んで夜道をふらふら歩いた。

「はやくお婆さんになりたいよー、三十歳も四十歳もすっ飛ばして、今すぐ八十歳くらいのお婆さんになりたいよー」

と、市子が言った。

わたしが、

「一気にお婆さんになんてなりたくないよー。三十歳になるのも嫌だー」

と叫ぶと、市子はケラケラ笑った。

「市子のお父さんのおかげでディープな店に行けてよかった。お父さんによろしくね」

わたしの言葉に市子はピタリと笑いをとめて、

「あんなの最低のおやじよ。利用できるものは何でも利用するの」

と、言った。

市子は家族の話はほとんどしなかったが、ちらっと父親のことが話題になったときは、たいてい父親を最低だと言った。

「母はどうしてわたしなんか産んじゃったのかな」

そんなことをぽつりと言ったこともあった。市子は時々、ふうー、と息を吐くように唐突に母親のことを口にしたが、市子の母親がどんな女性なのか具体的に話すことはなかった。

わたしがデザイナー、市子がイラストレーターという職種の違いがあって、仕事のスケジュールなどはバラバラだったが、ランチはいつも一緒だった。たいてい事務所の近くの蕎麦屋だった。一杯の蕎麦では少し足りなくて、きつね丼を一つ注文して二人で分け合ったりした。少ない給料をやりくりして、映画を観たり、木屋町あたりの居酒屋に行ったりと、この時期、わたしたちは長い時間を共有していた。


長岡天神駅に着いたところで、市子に電話を入れた。指定された路上に立って待っていると、目の前に真っ赤なミニが急ブレーキで止まった。頭にスカーフを巻き、サングラスをかけ、古いフランス映画にでも出て来そうな恰好の市子が、車の窓から顔を出した。サングラスを取って笑った市子は、すっぴんだというのにとてもきれいだった。わたしたちは会うたびに「ちっとも変わらないね」と言うのが決まり文句だった。この日も最後に会った時から五年も経っていて、目尻の皺や肌の張りには、確実に五年の時間経過が現れているはずだけど、やっぱり、「ちっとも変わらないね」と、お決まりの挨拶で手を取り合った。

「ここ駐車禁止だから早く、早く」

市子に急かされて慌てて車に乗り込む。乗った途端にシートベルトを装着する間もなく急発進する。相変わらず市子の運転は乱暴で、信号でブレーキを踏むたびに何度も体が前のめりになった。

「やっと来たね」

市子がちらりとこちらを振り向いて言った。サングラスをかけているので、笑っているのか文句を言っているのかよく分からない。

「元気だった？　元気そうだね」

「元気よ。見れば分かるでしょう」

今度は前を向いたまま、ハンドルを大きく切りながら言った。わたしの体も大きく倒れる。

「仕事はどう？　忙しい？」

「もう、そんなに忙しい時代は終わったわ。でも、来る仕事は決して断らない主義だけは貫いてるけどね。留実子のほうはどう？」

「わたしも同じ」

わたしは結婚と同時に上京してすぐにフリーランサーとして仕事を始めた。子供ができたときのために家で仕事をする環境を整えておきたいと考えてのことだったが、結局、子供には恵まれず、相変わらずフリーで本の装幀などの仕事を続けている。

東京の景気はどう？　最近どんな仕事したの？　たいして自慢できるようなものはないわ、市子は何か面白いイラスト描いた？　だめだめ、最近じゃ小さなカット専門よ、フリーのイラストレーターなんて因果な商売だものね、フリーのデザイナーもしかりよ。そんな会話で近況報告をしているうちに車は坂道を登る。

山を切り開いて区画整備され売り出された宅地だったのだろう、ほぼ同じ敷地面積の上に、どれも趣の似たような家が並んでいた。やっぱり急ブレーキで市子は一軒の家の前に車を止めた。

「お疲れさま、拙宅にようこそ」

市子の家は、裏手に竹林が広がる庭のある二階建てだった。門扉から庭にかけての塀には、白やピンクの蕾をびっしり付けたツル薔薇が繁っている。申し合わせたように、どの家の塀にもツル薔薇が伸びていた。

玄関に入ると、三和土に木製の台が置かれていて、大きなガラスの花瓶に一抱えほどの大量の撫子が生けられていた。「きれいだね」と見とれていると、市子が「留実子への歓迎よ。撫子、好きだったでしょう」と言った。

家に上がると、二階の一室を「ここを使って」と案内してくれた。八畳ほどの広い和室で、部屋の壁には百号ほどの油絵が掛かっていた。洋風の部屋の一角を切り取った風景画で、窓からは南国を思わせる海が見え、窓の横に人体の骸骨が描かれていた。逆光の暗い壁に白い骸骨が不気味だった。

「うわー、さすが市子の趣味、個性的だこと」

「ごめん、外そうか?」

「大丈夫よ、楽しい夢見そうだけど。この画家、市子と縁のある人なんでしょ」

「まあーね」

「あの、パリの君?」

「もうずいぶん前に個展を開いていて、その時、お付き合いで買ったの。絶対売れそうにない絵を選んだのよ。これ誰も買わないと思わない?」

やっぱり市子の言動には、時々クエスチョンマークが飛び散る。このやたら大きな趣味の悪い絵をいったい幾らで買ったのかと思ったが訊くのはやめておいた。

市子は大学を出てすぐの頃、パリに短期赴任した男と二カ月ほど一緒に暮らしたことがある。彼は市子が通っていた美大の講師をしていた洋画家だった。そんな告白めいた話を聞いたのは、木屋町あたりの居酒屋だったかもしれない。

「パリではアパートを借りて二人で暮らしていたけど、マーケットに買い物に行っても、美術館に行っても、行き交う女性たちの姿を見て、帰ってきて鏡に映る自分の姿を見ると愕然とするの。違う星にいるみたいだった。公園を散歩すると、男同士でキスしてるカップルがいたりして、ものすごく自由な場所のはずなのに、自分はどんどん小さく固まっていくの」と言った。

そして、ため息まじりに「男も女も面倒くさいね」とつけ加えた。

「だからと言って、中性人間になれるわけでもないしね」

わたしの言葉に市子は異常に反応して、

「それいい！　中性人間だ！」

と、世紀の大発見みたいにうれしそうに叫んだ。

パリでは、その洋画家ともうまくいかなくなって、半年間の予定の彼をおいて一人帰国した。市子がつき合った男性の話をしたのはこれっきりだった。いい思い出なんて何もない、と言っていたあの時の男の個展に足を運んで絵まで買って、その不気味ともいえる絵を座敷に飾っている市子の心情までは分からない。ただ、そんなところにも、切羽詰まったように人に関わらなくてはおさまらない、理屈では消化できない市子の熱量の強さを見るようだった。

市子の言動の激しさは二十代の頃からで、デザイン事務所時代は師匠や先輩と衝突することも多かった。市子が描いていた菖蒲のイラストを、先輩がアイリスと間違っただけで言い争いになって、翌日退職願を提出したこともあった。師匠の時間をかけた説得に応じたものの、その先輩とはその後ほとんど口も利かなかった。横でみているとあまりにも些細なことに命がけのように反応する市子は、溜めなくてもいいストレスでいつも破裂しそうだった。そんな市子を見ていると、わたし自身も苦しくなって、少し距離をおこうと思ったこともあったが、なぜか、ウマが合うというのだろうか、市子の魅力なのかもしれない、わたしたちの友情は続いた。

「これ、パジャマも用意しておいたから」

水玉模様のパジャマが、畳んだ布団の上に置いてある。パジャマもタオルも歯ブラシも持参不要、とにかく身軽で来て、という市子の好意に甘えた今回の市子邸訪問だった。

隣が市子の寝室で、一階がキッチンとリビング、玄関に一番近い部屋が仕事場になっていた。仕事場には、大きなＭａｃが机に鎮座していて、その横にはカラーインクもガッシュもきれいに整頓されて並んでいる。

「市子、今でも手描きイラストの依頼なんてあるの？」

「たまにね。そんなときは嬉しくて張り切り過ぎて大変」

市子のイラストは、とにかく色が特長的だった。依頼があればリアルなモノクロのスケッチ風も描いたが、花や動物、魚などを得意とした。馬や金魚の体には曼荼羅のような精密画が描き込まれて動物の目は人間のように眉と瞳が描かれている。クライアントからは市子ワールドと評価されていた。市子ワールドの色調は、例えば緑と赤が並んでいても、本来なら補色の強烈さがあるはずなのに彩度が極端に押さえられていて、その対比が暗く沈んで解け合うように馴染んでいる。カラーインクを使ってもガッシュを使っても、市子はその色に必ず黒と白を混ぜる。「そないな汚い色を使わんとそのまんまのきれいな色使こうてみたらどうや」と師匠に言われても決して変わることはなかった。汚い色と評価された色も完成してみると、どこか知らない世界に導かれたようにその姿を見せてくれる。曖昧でいて、強烈というなんとも面白い市子の色だった。万人受けはしないかもしれないが、気に入られるとあのイラストレーターに頼みたいと指定されることもしばしばだった。

「色が鮮やか過ぎると、見るのも使うのも疲れる」

と、市子は言っていた。

リビングから庭に降りると、金柑や無花果の木が植えられていた。小さな畑も作っていて茄子は紫色の可愛い花を咲かせて、ピーマンは小さな実を付けていた。

庭のデッキでお茶を飲んだ。すぐそこが見事な竹林だから早く行こう、と市子が急かせる。お茶も早々に切り上げて竹林に向かう。

家の裏手に回ると、山頂に向かっている道路の両側は、まっすぐに伸びた竹の緑で幕を張ったようだった。整備された竹林は等間隔に整然と竹が伸び、枯れたり折れたりした竹の残骸など余計なものは何もない。地面は落ちた笹の葉で厚く覆われている。どこもかも丁寧に人の手が入ったものだ。一メートルほどに伸びた若い竹も見える。わたしたちのほかに人の気配もない。静かだ。わたしと市子の息づかいと踏みしめる足音だけが、竹林の緑の中に漂っている。

竹は半年ほどで古い竹と同じ背丈まで一気に伸びるのよね、この竹林は、あの竹取物語の舞台だという説もあるのよ、と市子が説明してくれる。

風が吹くと、笹がざわざわと騒ぎ出す。風が笹を、笹が音を追いかけて、風のざわめきが頭上を駆け抜ける。一瞬、竹林が大きく波打ってうねる。笹の上を何かが飛び移って騒いでいるような気がして、思わず天を仰いで何かを探すが、あるのは風だけだった。笹の枝葉が重なり合ったわずかな隙間から空が見えた。

竹の青が映っているのか、振り返った市子の頬が青く揺れている。きりっと眉をあげた市子の顔が恐いほど端正でドキリとする。

竹林の細い山道を上り下りして帰路に着く頃には、笹の葉に夕日が差し始めていた。

帰宅するとすぐに、近くの農家から今朝採りたての筍を買い求めたのだ、と市子は手早く料理にかかる。

「食器棚からワインのグラスを出して」

市子に言われて、食器棚を開ける。グラスやコーヒーカップ、皿や小鉢、どれも市子の趣味でセンスの良い逸品ばかりが並んでいる。その中に、ピエロの絵の付いたマグカップが迷い込んだように置かれていた。

「市子、このマグカップ、まだ持ってたんだ。わたしも持ってるよ。丈夫だよね、これ」

「そうなの。まだ、どこも欠けてないのよ」

マグカップを手に取ってみる。風に煽られたようにあの頃が甦る。コーヒーやタバコの匂いに重なって墨汁やソルベックスの匂いが漂って、Zライトが光っている工房のような部屋の中に、若い頃のわたしと市子が見えるようだった。

「留実子、庭に降りて木の芽を少し摘んできて」

「オーケー、それにしても、庭で木の芽摘むなんて贅沢ね」

リビングから庭に降りて、窓からの灯りを頼りに山椒の木を探す。庭の隅で垣根に隠れるように伸びている木の芽を見つけて大量に摘んだ。

京風の薄味でわかめがとろとろになった若竹煮、生のままの筍をバターで焼いて、さっと醤油を垂らした筍のステーキ、初鰹のたたき、煮穴子も並んでいる。若竹煮にも筍のステーキにも、庭で摘んだ木の芽がたっぷりのっている。冷えた白ワインで乾杯して、市子の料理を堪能する。

「やっぱり、長岡京の筍は格別だわ。この筍のステーキ、おいしい。これ、参った」

「でしょう。そんなに感動したんなら、毎年筍を食べに来なさい」

「来る。来られなかったら、宅配便で送って」

「だめ。送らないから食べに来て」

気がつくと二本のワインが空いていた。その後、とっておきだというシングルモルトウイスキーをストレートで飲んだ。わたしたち男振りがいいね、なんてゲラゲラ笑って、そうとうに酔った。この辺でお開きにしようと言って二階に上がったのが、何時だったかは覚えがなかった。和室に用意してくれていた布団に倒れるように潜り込んだ。

翌朝、目を覚ますと窓の障子が明るくて、日差しはかなり高いところから差しているようだった。用意してくれたパジャマに、きちんと着替えて眠っていた。枕元には脱いだ服がきれいに畳んで重ねてあった。わたしは家でも酔ったときは、たいていベッド横の椅子かテーブルに、脱いだ物を放り投げるように掛けているという行儀の悪さだ。市子が畳んでくれたのかもしれない。

窓を開けて庭を見ると、麦わら帽子を被って畑仕事をしている市子の姿が見えた。市子のアルコールの強さはちっとも変わらない。

「市子、おはよう、何やってるの?」

市子は帽子を取って眩しそうに見上げた。花柄の割烹着姿だ。軍手にスコップを持って、黒い長靴を履いている。昨日のフランス映画のヒロインは、今朝は長岡京のおばさんになっていた。

「あっ、おはよう。やっと起きたね」

「ごめん、今、着替えて下りて行くから。それにしても市子、素敵なファッションね」

寝床を片付け、着替えてリビングに降りると、市子が庭仕事を切り上げてコーヒーをいれていた。コーヒーの香りが漂っている。軽く朝食をとって、昼時になると、喉が渇いた、迎え酒だ、と言ってビールを飲んだ。二人してリビングのソファアに横になってだらだら過ごした。

「今度、温泉でも企画しようか、みんな元気なうちに。あの怖かった先輩たちも誘って」

「そうね。でも、もうこの歳になると、一緒に温泉というのも消極的になるわ。人前で裸になれる肉体じゃないもの」

と、市子は言った。

「でも、温泉だと、老いも若いも一緒くたに堂々と人前に裸さらして平気じゃない」

「平気でもないのよね。若い子の横に立って、側に鏡なんかあったりして並んだ姿を見てしまったりすると、自分の歳を思い知らされて愕然とするわ」

「バカね。十代、二十代と比べてどうするのよ。みんな同じ道を辿っていくんだから。十代の子だってあと四十年もすれば五十代よ。今は今で、受け入れなくちゃ。五十代は五十代でいいじゃない。ちゃんと五十年以上の時間を自由に使ってきたんだから。人それぞれよ。その人にとっては、その人の持った時間がすべてなんだから、人と比べても意味がないわ」

偉そうに答えているが、わたしも人と比べてため息をつくのはしょっちゅうのことだ。今の発言は、夫に言われたことの受け売りだ。

「それに、市子は自信持っていいよ。五十半ばだなんて言わなければ、誰もそんな歳だなんて思わないから。十分保ってるわよ」

「どんなに保っていても現実の歳は歳よ」

寝転がっていてふと見上げると、白い壁に掛かっている女の能面が、高いところからこちらをじっと見ていた。

「あれ、市子が打ったの?」

指差して言うと、市子は椅子を持ち出して壁から外して、見せてくれた。起き上がって手に取ると、意外に小さかった。

「これって何ていう面なの?」

「これは小面よ。わたしたちもこんな可憐な若い時代があったのよね」

「へえー、面に歳とかあるんだ」

「当然でしょう。小面は一番若い女の面よ。次に若女かな」

「じゃあ、今のわたしたちだと、どんな面なのよ」

「〝ふかい〟とか、〝ぞうおんな〟とか。でも、それでも今のわたしたちより若いわよ。まあー、さすがに山姥まではいかないかしらね」

「ぞうおんなって、まさか、象さんの女じゃないわよね。どんな字?」

「年増の増のおんなよ」

「うわー、リアルだなー。ゾウオンナって、音からしても、いかにも中年女っぽいね」

「素人はこれだから。増女は清らかで気高い大人の女面よ。神の化身の場合だってあるんだから」

と、市子にしては珍しく明るく自慢げに言った。

市子が面打ちを始めたのは、デザイン事務所から独立して烏丸通り五条上がった所に自分のアトリエを持ってしばらく経った頃だった。わたしは大阪の編集プロダクションに転職していて、京都から通勤していた。どこからのルートなのか誰の紹介なのか、名のある能面師の元に通い始めたと興奮気味に伝えてきた市子の声を覚えている。

市子の打った小面は、つるっとした額が若々しい少女のような表情にも、また少し角度を変えると能面独特の半開きの口元に妖しいほどの色香も見えた。

「ちょっと恐いところが市子に似てるような」

「恐いところはよけいよ」

裏を返すと漆仕上げで刀痕の細かい線がきれいな放射線状に伸びていた。ちょうど額の裏に当たる部分に『市子』の文字が見える。

「そんなに観察しないで。アラが見えてしまうわ。失敗してごまかしてるところもあるのよ」

「ねえ、どうして能面なんて打ってみたいって思ったの」

「特に理由なんて……。でも、面を付けたまますっと暮らしていけたらいいよね」

「市子、そんなこと考えてたの。そうね、わたしも時々、お面を被ってるかなー」

市子はわたしから小面を取り上げると、自分の顔に当ててわたしの正面に立った。

「凄い、何だか千年も昔の人が立ってるみたい」

と、わたしがオーバーに反応すると、市子も調子に乗って小面を顔に当てたまま、

「留実子さーん、千年の昔にいらっしゃいよー」

などと言って妙なすり足でふざけている。

「いやだ、市子やめて、可笑しい」

市子は片手で顔に面を当て、もう片手を広げて、少し腰を落として、ぐるぐる回っている。ジーンズに割烹着姿と能面の組み合わせが可笑しくて、昨夜の酔いが残っているのか、先ほど飲んだ一杯のビールで酔ってしまったのか、わたしたちは異常にハイテンションになって、笑い転げていた。

わたしはスマホを取り出して、小面をつけてはしゃいでいる市子を撮った。

「今度、わたしにも能面を打ってよ」

「いいよ、でも長く待つことになるわよ。何と言っても素人なんだから。十年くらいは待っていただくことになるかも」

「そんなにかかるの。じゃあ、これでもいい」

「これは、だめ。気になるところがいっぱいあるから。それに、この小面は寂し過ぎるわ。

留実子には、もっと明るい大人の女性の面を作ってあげる」

「でも、増女は嫌よ。やっぱり、こういう若い小面がいいわ」

「ほら、やっぱり留実子も歳にこだわってる。分かった、待ってて」

「十年でも二十年でも待つよ」

夕方までの時間、長岡天満宮を観光することにした。バスに乗って天満宮まで行った。神社にお参りして、長岡公園を散策して、八条ヶ池堤に咲く真っ赤な霧島つつじに圧倒されて、途中ソフトクリームを舐めながら歩いた。夕食は駅前の居酒屋で、やっぱり遅くまで飲んで、その間、やむことなく始終どちらかがしゃべり続けていた。市子は独り言のように「やっぱり一人は寂しいよ」と言った。

翌日、午前中は市子の畑仕事をほとんどお遊びみたいに手伝って、デッキで素麺の昼食をとった。午後からは、今回の目的の一つでもある学生の頃の友人の個展を観に行く予定だ。市子も行かないかと誘ったが、知らない人に会うのは疲れるから嫌だと言った。三時過ぎに市子が長岡天神駅まで車で送ってくれた。車の中で市子は抗議するように、「三泊四日なんてあっと言う間だわ、せめてもう一日、滞在を延ばせないの」と言ったが、仕事もあるから予定どおり帰ると告げた。

五年ぶりの友人の個展だった。作品はすっかり様変わりしていた。具象のブロンズ像は姿を消して、木を削った抽象的な造形が画廊を埋め尽くしていた。その進化に圧倒された。

夕方になって、懐かしい友人たちが顔を揃えて、同窓会のような勢いで、学生の頃よく行った百万遍近くの居酒屋に向かった。代は変わっていたが、入り口の縄のれんも壁に張られたメニューも背もたれのない安直な椅子も昔と同じで、まるでタイムスリップしたみたいだった。ついでに、年齢まであの頃に戻ったような気になって盛り上がった。二次会と称して、やっぱり懐かしい木屋町のスナックに繰り出した。もうとっくに電車もなくなっている時刻だった。市子のことがちらりと頭をよぎったが、連絡しないまま騒ぎ続けた。

友人たちと別れてタクシーに乗ったところで、スマホの着信音に気付いた。見ると市子から三度の着信があった。

「もしもし、今どこ？　もう電車もなくなっているし。何度も電話したのよ。心配したわ」

「市子、ごめん遅くなった。皆で話し込んでしまって、こんな時間になっちゃった。今、タクシー拾ったところ、場所は運転手さんに住所を伝えたから大丈夫みたい」

「家が分からなかったら近くまで戻ってから電話して、気をつけて」

たぶん遅くなるとは伝えていたけど、こんな時間になるとは思っていなかったようで、市子は少し硬い声でそっけなく電話を切った。

タクシーは西に向かって走る。縄手あたりから急に暗くなった京の街並を抜けると、三十分ほどで闇の中で揺れる竹林が見えてきた。

タクシーは市子の家の真ん前で止まった。料金を払っていると、市子が門扉のところまで出て来てくれた。「お帰り」、市子のささやくような声だったが、夜の中でどきりとするほど大きく聞こえた。

お風呂から出ると、テーブルにウイスキーと焼きたての卵焼きが用意されていた。卵焼きはわたしの大好物だ。

「明日はもうお別れだし、少し飲むでしょう」

と市子が言うので、

「うん、明日は三時過ぎに新幹線に乗るだけだから、とことん飲もう」

と言って、深夜の二人だけの宴会を始めた。

「もう、明日は帰るんだよね」

「ありがとう。おかげで久し振りに京都を堪能した」

「本当にあっという間だったね」

「また来るよ。市子、昨日、一人じゃ寂しいって言ってたけど……」

「寂しいなんて言ってない」

と、市子はわたしの言葉を遮るように言った。

「言ってた。一人暮らしって決めることないじゃない。誰かと出会うかもしれない可能性の窓は開けておけばいいじゃない」

「出会わないわよ、もう」

「そんなことない。市子は素敵だし」

「おばさん同士で、素敵だなんて慰め合っても仕方ないわ」

「何もかも諦めるほどわたしたち老人じゃないわ。ほら、三十歳になった頃、もう三十になってしまったって嘆いてたけど、四十になったら、三十は若かったたって言ってたじゃない。六十になったらきっとまた言うわよ。五十代なんて若かったたって」

「留実子の前向きレクチャーがはじまった」

と、市子は呆れて笑っている。

相当飲んだようで頭がボーッとしてきた。時計を見ると三時になっていた。

階段をふらふらしながら上がっていく。市子がすぐ後ろで「大丈夫？　階段から転ばないでよ」と、言っているのが聞こえる。布団に入ると一瞬にして睡魔が襲ってきた。

夢だろうか、竹林の中に小面をつけた市子が立っていて、わたしを呼んでいる。「留実子、留実子……」いや、風の音だろうか。

翌朝、というより、もう午に近い時間だった。市子が京都駅まで送って行くから、駅ビルでお昼を一緒にしようと提案した。いいね、そうしよう、と二人で京都駅まで出て、イタリアンの店でパスタを食べた。夫のために〝いづう〟の鯖寿司を買った。ゆっくり食事したつもりだったが、出発までまだ時間があったので、カフェに入ってコーヒーを飲んだ。

そろそろ時間かなと時計を確認したところで市子が言った。

「今回、京都に来て、学生時代の友だち、ほら曜子さんていったかな？　曜子さんに会えて嬉しかった？」

「うん、そうだね、目的のひとつが彼女の個展だったから。作品もすごく充実してたし、会えてよかった」

特に深い考えもなくそう言って席を立った。市子がわたしの鞄を持ってくれて改札口まで並んで歩いた。改札口で別れを言おうと市子に向き合うと、市子は突然、鞄を押し付けるようにわたしに渡した。そして、くるりと後ろを向いて足早に去った。何が起こったのかとっさに分からなかった。わたしは呆然と市子の後ろ姿を見ていた。

市子はそのまま人波に消えて戻って来る様子はなかった。改札を通って中に入った後も、何度も振り向いて市子を探したが姿は見えなかった。言葉も交わさないで、握手もハグもしないで、こんなふうに別れるなんて、まったく、と思ったが、市子の唐突な行動は度々のことだからと、自分を納得させて予定の新幹線に乗った。

動き出した新幹線の中で、別れ際の市子の行動が推し量れず、あれこれ考えを巡らせる。四日間、二人で過ごした。わたしは夫の待つ家に帰って行く。市子はまた、今日からあの家で独りの暮らしになるのだ。

若い頃、一人暮らしの部屋に友人や妹が訪ねて来て、数日一緒に過ごして帰って行くと、無人島にでも取り残されたみたいに震えるほど寂しくなったことを思い出した。発つほうは寂しくない、送るほうがうんと寂しいのだ。怒ったように背中を向けて人波に消えた市子のことを想った。

東京に戻って、夫と土産の鯖寿司を食べて、お風呂に入ってその日はすぐに眠った。翌朝、市子にお礼のメールを出さなくてはと、パソコンを開くと昨夜のうちに市子からのメールが届いていた。

『留実子へ。

お疲れさまでした。久し振りに、とても楽しい時間でした。

京都駅ではごめんなさい。挨拶もしないままで、何て失礼なやつだと思ったことでしょう。子供じみた行動をとってしまいました。でも、留実子は鈍感過ぎる。今回の京都旅行、会えて嬉しかったのは、一番にあなただ、あなたに会うために京都に来たのだ、と言って欲しかった。

留実子とわたしの間にある小さな溝を飛び越えたかったけど、わたしに勇気がなくてダメだった。ずっと勇気がなくて、こんな歳になってしまった。』

すぐに市子への返信をすることができないまま、『留実子とわたしの間にある小さな溝を飛び越えたかったけど、わたしに勇気がなくてダメだった』という文面を、じっと見つめて時間が過ぎた。メールを何度も開いたり閉じたりしながら、やっぱり、正面から受け止めることができなかった。

たいしたことではない、女性同士のこんな感情は珍しいことではないし、ごく自然の感情だ、などと思いながら、一歩も近づけず、自分には無関係の世界だと横を向いてきた。そのくせ、気持ちのどこかの隅のほうでは、うれしいと思う感情もあった。市子の気持ちをうれしいと感じていた部分が確かにあった。自分がどこに立っているかさえ知らん顔で無視を決め込んでいた。

どこに行った帰りだったろうか。夏だった。そうだ、丹後の海に海水浴に行った帰りだった。市子の車で市子が運転していた。

「市子、報告があるの。付き合ってまだ一年だけど、わたし、今の彼と結婚する。彼の東京転勤が決まったから一緒に東京に行く」

「本当？　いつも今度こそ結婚するかもしれないって言いながら、実現しなかったのに。いったい何回目かな、そんな報告聞くの。また、だめだったって泣いても聞いてやんないよ」

市子は可笑しそうに笑っている。

「うん、もう決めたの。お互いの親にも紹介したし、今度ばかりは本当になった」

市子はこちらをちらりと見たあと、押し黙ったまま、ぐっと口を閉じて、ヘッドライトが照らす路面を睨みつけるように見つめて無言でハンドルを握っている。車は綾部市あたりを

郵 便 は が き

適宜な
切手をお貼り
下さい

〒101-0064

東京都千代田区
神田猿楽町2-5-9
青野ビル

（株）**未知谷**行

ふりがな	お齢
ご芳名	
E-mail	男

ご住所 〒 Tel. - -

ご職業	ご購読新聞・雑誌

愛読者カード

ご購読ありがとうございます。誠にお手数とは存じますが、アンケートにご協力下さい。貴方様の貴重なご意見ご感想を賜わり、今後の出版活動の資料として活用させて頂きます。

の書名

い上げ書店名

の刊行をどのようにしてお知りになりましたか?

で見て　広告を見て　書評を見て　知人の紹介　その他

についてのご感想をお聞かせ下さい。

望の方には新刊書のご案内をさせて頂きます。　要　不要

(ご注文も承ります)

抜けて国道の山の中を走っていた。長い沈黙が続いた。

「市子、おめでとうって言ってよ。今度、彼のこと、ちゃんと紹介するから」

「会いたくない」

「どうしてよ。いい人よ。楽しい人だし、市子とも気が合うと思う」

「気が合うって何？　バカみたい」

「何よ、なに怒ってるのよ。突然報告したのは悪かったけど、市子だっていつか誰か好きな人と暮らすだろうし、市子が先だったかもしれないじゃない」

「絶対にしない。するわけないじゃない」

大きな声を発したことのない市子が声を荒げて叫んだ。

市子がアクセルを踏み込む。車がどんどんスピードを上げる。すれ違う車もなくて、真っ暗な山道を、車は異常なスピードで走る。ヘッドライトに照らされた杉だか檜だかの木立が車の両側を飛んで行く。視界は車が照らすその数メートル先の路面だけだ。やけにくっきりと白いセンターラインが流れて見える。

「市子、どうしたのよ。スピード落として。何やってるのよ。危ないじゃない」

市子は無言のまま、木立の中を突き進む。カーブにさしかかっても車はタイヤの軋む音を響かせて突っ走る。身体が大きく左右に揺れる。

「やめて！　市子、落ち着いて」

どこかに激突する情景が頭をかすめる。

「とにかくスピード落として。ちゃんと話をしよう」

市子はもう、わたしの言葉なんか聞こうとしない。激しい怒りの粒が市子の体から飛び散っているようだ。

前方から車のライトが見えた。反対車線に現れた車は大きくクラクションを鳴らして行き違った。一瞬、対向車のライトに市子の顔が照らされた。能面のような市子の顔だった。

「市子、やめて。わたし、市子と心中する気なんてないからね。嫌だからー」

わたしは絶叫していた。

ブレーキの音が暗闇の中で長く続いて、市子は車を木立にぶつけるようにして止めるとエンジンを切った。シートベルトを荒々しく外すと「ああー」と絞り出すような声をあげた。

「いったいどうしたっていうのよ。何考えているのよ」

わたしは恐怖と怒りで、ほとんどパニック状態だった。

「こんな自分勝手な行為が許されると思ってるの。わたしは好きな人と結婚しちゃいけないの?」

ハンドルに顔を伏せたままの市子の背中が震えているように見えた。

「分かってる。どうしようもないこと分かってるのよ」

うめくように言った市子に返す言葉が見つからない。わたしは大きな誤解をしたまま長い時間を過ごしていたのかもしれない。うつむいている市子の背中を抱きしめたいと思う気持ちと拒絶する気持ちがないまぜになって、わたしは暗い山道の車の中で息を詰めたように黙っていた。

遠くにある外灯が路面を淡く照らしている。五分経っただろうか、十分経っただろうか、その間、数台の車が通り過ぎて行った。市子は放心したように暗い森を見つめていた。気まずい時間が過ぎて行った。狭い車の中で、薄い空気をお互い遠慮勝ちに吸っているような微かな息づかいが聞こえていた。

「市子、帰ろう。運転、代わるから。ここからはわたしが運転する。ほら、席代わって」

「留実子、ペーパードライバーじゃないの。無理よ」

「田舎に帰ったら時々運転しているから大丈夫。山道は得意なの。ほら早くどいて。こんなあぶない運転手に命預けられない」

そんな会話をすると、何とか冷静になった。諦めたように、泣き笑いのように市子が笑ったので、わたしも笑い返した。

その後は、わたしが慎重な運転をして京都市内までずいぶん時間がかかった。時々町並みを通過したり、山道を登ったり下ったりして、国道をただ走り続けた。わたしも市子もずっと無言のままだった。時々、横の市子に顔を向けると、市子もこちらを向いて気まずそうに小さく笑った。ついさっきの市子の行動と表情を思い起こしてみるが、簡単に気持ちの整理はつかなかった。わたしも市子も子供のように頼りないばかりで、何をどう伝えればいいのかさえ分からず、言葉も見つからず、車の中はただ静かだった。

市内に入り碁盤目の道路になって車両が増えてきたところで、運転を市子に代わった。アパートまで送ってくれて別れた。

「ありがとう。気をつけて」

「ごめん。おやすみ」

別れ際にわたしたちが交わした会話はこれだけだった。何かほかに言うことがあったはずだが、こんな曖昧な言葉のまま、わたしは市子の青い車が通りを曲がって消えるのを見送った。

シャワーで汗を流して鏡を見ると、水着の形を残して日焼けした肩が赤く火照っていた。ベッドに入って頭を空っぽにしようと努力するが、体は暗い山道を狂ったように突っ走る車に乗ったままで、目を瞑ると、ヘッドライトに照らされては消える樹々の風景が、いつまでも浮かんで消えなかった。

数年前の出来事が暗い山道の風景に差し込まれるように甦る。

わたしたちはデザイン事務所をほとんど同時に辞めた。わたしは七年、市子は五年勤めた。卒業旅行と称して二人でシンガポールに行った。三泊四日の旅だった。

観光は一日で終わり、あとは一日中ホテルのプールでだらだら過ごし、夜になるとジャズクラブに繰り出すという最高の時間だった。気に入ったジャズクラブに三晩通った。最後の夜、スローな曲に合わせて踊っている老夫婦に誘われるようにわたしたちも踊った。学生の頃ソシアルダンスサークルに籍をおいたことがあるという市子の即席の指導で、簡単なステップを踏む。踊りながらお互いの体がぴったり寄り添っていた。旅の解放感だったのか、酔った勢いだったのか、市子はわたしにキスをした。わたしたちはごく自然に踊りながらキスを交わした。その後、市子もわたしも照れ隠しのように何事もなかったかのように振る舞った。あのときの微妙な気持ちのざわつきは、異国という特別な空気の中で女同士ふざけていただけだと自分を納得させていた。

この日の市子の狂気じみた暴走は、わたしと市子の間に薄い壁を作ってしまった。それから半年後、わたしは東京で夫と暮らし始めた。京都を出るとき、市子に電話を入れた。

「いよいよ明日、京都を捨てるよ」

「離婚したら帰っておいでよ」

「離婚したら知らせるよ」

「吉報を待ってる」

「ひどい！」

「ウソよ、幸せにね」

「市子も東京に遊びに来てよね」

そんな会話を交わしたが、会う機会もないまま、お互いの近況は年に一度の年賀状くらいになっていた。

東京に移転して五年ほどたった頃だった。染色をやっている友人のグループ展を観るために京都に帰っていた。学生時代の友人数人と高瀬川沿いにあるレストランに行ったときのことだ。市子が女性と食事をしているところに偶然出会った。大学病院に勤める皮膚科医で、親しい友人だと紹介された。ひと回りほど年上の穏やかそうな人だった。それぞれ少し離れたテーブルで食事をしたのだが、京都に来ているのに市子に連絡しなかったことも後ろめたく、市子のことが気になって落ち着かなかった。

そのあと、東京に戻ってから市子から長い手紙を受け取った。

実は先日紹介した女性はパートナーなのだ、一緒に暮らしてもう三年以上になる、歳が離れているので、まわりには叔母だと言っている、今、とても充実した毎日を過ごしている、そんな内容だった。彼女との出合いや彼女の性格なんかも詳しく書かれていた。

この時の市子の報告は、わたしの中で燻っていた重苦しいものを解き放なしてくれた。わたしは、市子が自分らしくいられるパートナーと出会えたことに祝福の手紙を送った。そのことをきっかけに、市子との間にあった靄のようなものがすっきり取り払われたようで、わたしたちにはまた京都時代のような関係が復活した。

市子は東京の我が家にも何度か訪ねてくれたし、わたしが京都に行けば必ず会って、食事をして長い時間話し込んだりした。夫やわたしの友人たちと計画した八方尾根や北海道のスキーツアーにも参加してくれた。ただ、市子のパートナーが参加することはなく、親しく交わる機会もあまりなかった。

その頃には、丹後半島からの帰りの出来事は、記憶から薄れて、本当にあったことだったのかしら、とさえ思うようになっていた。記憶にあるのは、真っ青な日本海と夏の空の色ばかりだった。

そのあと、パートナーとの暮らしは十年ほどで終わったようだった。別れた理由は言わなかったし、わたしも尋ねなかった。

とにかく返信をしなくてはいけない。

『市子へ。

無事帰って来ました。京都ではお世話になりました。ありがとう。何もかもすごくおいしかった、特に筍は絶品だった！

何より一緒に過ごせてとても楽しかった。わたし、やっぱりものすごく鈍感で、京都駅では、市子はどうしたのかしら、忘れ物かな、トイレかな、と思ったくらいだった。でも、改札入ってから、しばらく待っていたんだよ。市子、戻ってくるかなと思って。

久し振りの京都だったのに、結局、写真はスマホで撮った、たった一枚だけでした。リビングで市子が小面つけて踊っているあの時の一枚だけ。その一枚を添付で送ります。今回の旅行の唯一の写真です。あの日のわたしたちの異常な興奮ぶりを思い出して、笑いが込み上げています。

また、会える日を。元気でね。

時々、近況報告、お互い忘れないようにしよう！　留実子』

何度もメールを書き直す。やっぱり、肝心なところはスルーして、たった一枚しか写真は撮らなかった、それが市子だったと意味の無い言い訳を作っている。

何でもない振りをしてメールを送信した。市子からは、写真ありがとう、面付けてるから、わたしなのか、誰なのか分からないのが可笑しい、とこちらもどこか忘れ物でもしたようなメールが届いた。鈍感過ぎるという市子の素直なメールに対して、わたしはこんな返事しか書けなかった。

あれから、五月の連休の頃になると、市子は筍を送ってくれた。お礼の電話をして、とりとめのない話をして、また会おうね、と言って電話を切った。

小面が届いてから二日目だった。市子の弟だという人物から電話を受けた。どこかで予感はあった。

「姉が先月の三十日に他界いたしました」

市子は、昨年の夏、舌ガンの末期を宣告された。友人知人の誰にも知らせず、仕事もすべて手を引き、人との関わりをほとんど絶って自宅に籠った。最期の三ヶ月は自分で手続きをしたホスピスで過ごした。通夜も葬儀もいらない、密葬にして荼毘に付すようにとの意志を尊重した。そして、戒名も必要ないと言ったが、寺に埋葬するには戒名が必要だったので、その点は市子の思いは通らなかった。

「先日、宅配便が届きました。あなたが送ってくださったのでしょうか」

「生前、姉から、家に宅配便の荷物を作って置いてあるから、すべてが終わったらそれを出しておくようにと言われました。数名の電話番号が書かれたリストを預かっていて、終わった後で報告するようにと。姉は若い頃から自分のことを何も話さない人でしたから、姉にどんな友人がいたのか、どんな暮らしをしていたのか、わたしたち家族もよく知らなくて。これでよかったのかどうか」

「市子さんらしいと思います」

通夜や葬儀など必要ない、野生の象になりたいのだ、死期を知ったら、誰にも見つからない洞窟を探して、誰にも知られずに一人で死ぬのだ、とそんな夢みたいなことを二十代の頃のわたしたちは語っていた。

市子が病に苦しんで死に怯えて不安な日々を過ごして痛みに堪えていたその時、わたしは何をしていたのだろうか。目の前の仕事をこなして、些細な事で文句を言ったり、笑ってみたり、時々、映画や芝居を観て、友人や仕事仲間とお酒を飲んで、日常は淡々と過ぎていた。市子があの家でこの小面を丁寧に包んでいる姿を想像する。どうして何も言わずに一人で逝ってしまったのよと問いながら、市子の性格を思うと何もかも市子らしい終わり方だったようにも思う。

市子は若い頃、早くお婆さんになりたいというのが口癖だった。お婆さんになれたら、どんな世界が待っていたというのだろうか。体も心も穏やかで波ひとつ立たない静かなものになれたのだろうか。なりたかったお婆さんにならないまま市子は逝った。

小面を顔に当てて洗面所の鏡の前に立ってみる。三面鏡の、いろんな角度の鏡の中に小面が映っている。どの角度の鏡にも、きりっと若々しい市子が映っている。わたしたちにもこんな可憐な時期があったのだと言った市子の言葉を思い出す。

玄関のドアがガチャリと開いたようだ。

「ただいまー。いないのー」

夫の声が聞こえた。バタバタと足音を立てて近づいてくる。

リビングをうろうろしていた夫が洗面所のドアを開けた。わたしが面をつけたまま振り向くと、夫は「うわー」と、恐怖に引きつったような声を上げてのけぞった。

「そんなに驚かなくてもいいじゃない」

「それ、どうしたの？　ああー、びっくりした」

「だから、言ったでしょう。市子が亡くなって、市子の形見だって」

「ああー、そうだったね」

「市子、何にも言わないで、一人でいなくなってしまったよ」

「気持ちは分かるけどさ、家の中でそういうの付けて歩き回るのは、やめてほしいな」

数回会っただけの妻の女友だちの死は、夫にとってはそれほどの関心事ではないようだ。そうかもしれない。夫の友人の死を聞いても、わたしもまた、夫の寂しさを思うだけのことだ。

夫に市子との微妙な関係を話したことはない。どこか小さな後ろめたさもあった。

市子の想いに正面から向き合うことをしなかった。中途半端なまま長い時間を過ごしてきた。自分の感情がどこにあるのかさえも認識することができず、今でもわたしは自分の中にどんな感情が潜んでいるのか、突きとめることもできないでいる。いや、できないのではなく、わたしの中のどこかに潜んでいる市子への想いに気付くのが怖かったのかもしれない。わたしは逃げていた。長い時間、何十年という長い時間、わたしは逃げ続けていた。会うことも話すことも触れることもできなくなった今、わたしは市子を探し始めている。

勇気がなかったのはわたしのほうだ。小面を手にしたまま途方にくれる。

仕事仲間と別れて深夜に地下鉄に乗る。ゴォーッと音を立てて電車が深い地底を走る。鞄からスマホを取り出す。アルバムの中から小面をつけた市子の写真をひらく。小さな画面の中に市子がいる。割烹着姿で、右手で小面を顔に当てて、左手は何かを探しているように腕をこちらに伸ばして指を広げている。すり足で踊りながら、はしゃいでいた市子の声が聞こえてくる。

あの日、わたしたちは異常なほど陽気だった。

麝香豌豆《スイトピー》

その日の朝は、家も田畑も真っ白い靄《もや》で覆いつくされていた。

一メートル先も見えないほどの深い靄は、四国の南に位置し、四万十川に注ぐ清流が何本も連なるこの盆地の見慣れた風景である。

窓ガラスは水滴を何重にも垂らして縞のような模様を見せていた。ガス台の上では豆腐のみそ汁が湯気を立てている。このところ遠くなってきた義造の耳に、鳥の声がかすかに届いている。いや、鳥ではない、遠くで紀代が呼んでいるようだ。

土間の続きの台所で朝食の準備をしていた義造は、慌てて履き物を脱ぎ捨て部屋に上がる。廊下を進んで寝室に向かうと、今にも倒れそうな力の無い姿でベッドに腰を掛けたままの紀代が、ささやくように言った。

「目がかすんで、体が動かん。うちを早う病院に連れて行って。早うせな、うち死んでしまう。うち、死んでしまうかもしれん」

切羽つまった苦しげな声で、そう訴えるのがやっとの状態だったが、この時もまだ、義造にはさほどの危機感はなかった。

三月も半ばだというのに刺すような寒い朝だった。

義造は紀代を抱きかかえるようにして車に運んだが、義造の背を五、六センチは超えていたはずの紀代の身体は、縮んでしまったかのように小さく、義造の腕にかかる紀代は驚くほどの軽さだった。

病院に向かう車のなかで、義造は「大丈夫か、気をしっかり持て」と言葉をかけるが反応はなかった。あらかじめ電話で伝えていた病院では、看護師が車イスを用意して待機していた。診察室に運ばれたが、その時にはもう意識が薄れているようだった。だが、義造が「紀代」と声をかけると「はーい」と返事をした。苦しいはずなのに、どこか明るい声だった。

娘の景子と息子の健太郎が駆けつけて声を掛けた時は、うっすらと目を開けて笑ったようにも見えた。医者は強い肺炎の症状だと言った。水の中で息ができないような状態なのだと。

「できる限りのことはしますが、覚悟をしておいてください」と担当医は言った。

健太郎は「こんな田舎の病院じゃどうしようもない、あんな学生みたいな医者じゃ心もとない、すぐに大きな病院に転院させたほうがええ」と強く提案したが、義造は「ここでええ、ずっとここで診てもろうておるんじゃ。紀代はあの先生を信頼しとった」と、譲らなかった。

三日ばかりの間、紀代は生と死の淵を彷徨っているようだった。確かな意識があるとは思えなかったが、義造には理解できない脈絡のない言葉を発したりした。聞いたことのない人の名前だったり、行ったことのない土地の名前もあった。義造は紀代の中に自分が存在してなかったような寂しさを覚えた。

入院して三日目の夜、紀代は目を開けることもなく、義造や子どもたちの名を呼ぶこともなく、静かに終わりを迎えた。

紀代が急性リュウマチを患ったのは、去年の夏のことだった。いつもと変わらず、義造と二人だけの夕食をとっていた時、紀代がぽろりと飯の入った茶碗を落として、照れたように笑って言った。

「なんや、手がいうことききかん」

数日後、電話が鳴って手を伸ばした紀代が、「お父さん、受話器が重とうて取れん」と言った。そして顔の半分が痛いと言った。

闘病の半年間が紀代にとって短かったのか長かったのか分からなかったが、義造にとっては突然であまりに短い時間だった。こんなことで死ぬはずはないと、高をくくっていたのかもしれない。

義造は紀代の死を理解し、受け入れることができないでいた。

葬儀に向かう支度をしようとしていた義造は、「おい、わしの喪服を出してくれ」と、そこにはいない紀代に向かって声をかけそうになって、その場にうずくまった。

兄弟たちや従姉妹たち、付き合いのあった人たちが弔問に押し寄せ去って行った。初七日が終わって子どもたちも、それぞれの暮らしに戻っていった。波が引くように誰もいなくなった。

義造は初めて、紀代の死の現実を知った。

義造は一人になった暮らしを、どう過ごせばいいのか、ただ呆然としていた。

それでも夜明けが来れば義造にも仕事があった。五時過ぎに目覚めると、一汁三菜の御霊《ごりょう》供膳《ぐぜん》を二対、紀代のためと先祖のために作る事である。外はまだ暗く、鳥の鳴き声も聞こえない。そんな時刻から何かに取り憑かれたように、慣れない手つきで御霊供を完成させて仏壇に供え線香を立てる。周りの者たちは、「四十九日までということになっておるけど、男の身じゃ、大概でええがな」と言うのだが、義造はこれを続けることで、紀代に寄り添い許しを乞うているような気がしている。

朝のこの仕事が終わっても、外はまだ夜の色合いのままで、長い一日は始まったばかりだ。何度も時計を確認するが、壊れているかと思うほど針は動かない。やっと昼になり、夕方になり、また長い夜が続くのだ。一日という時間は永遠かと思うほど長い。それに比べ、紀代と暮らした四十五年という歳月は、瞬きをしたほどに短く思われた。

義造は田畑の仕事も手につかないまま、日がな一日、土間に置かれた椅子に腰を掛けて動かない。紀代が元気だった頃は、外から戻ると、まずこの椅子に坐って一杯のお茶を飲む。下戸の義造は、夏は冷たく冷えた茶を、冬の寒い日には熱い茶の一杯を、それはうまそうに飲みながら、台所仕事をする紀代の背に向かって、一日のとりとめのないことを話しかける。紀代は時々手を止めて振り向くと、さも可笑しそうに笑い、時には「それはいけんですよ」と、頑固な義造をいさめたりした。

今、義造の話を聞いてくれる紀代はここにはもういない。義造はただ壁に頭を預けて目を閉じて時を過ごす。うたた寝をしていて目を開けると、ガラスの向こうに人影が動いたような気がして「なんじゃ、そこにおったか」と飛び起きて、愕然とすることもあった。

近くに暮らす妹や弟が、一人になった義造を案じて訪ねて来ても、さほど歓迎するふうでもない。家族ぐるみで交流のあった親しい友人や近所の人たちの同情を込めた慰めも、義造はただうっとうしく、連れ合いのいる彼らに嫉妬と腹立たしさを覚えた。

義造が頭を預けている白い壁には、髪の汚れと油でそこだけ黒いシミができている。生きているとはいえないが、義造は死んではいない。腹が減ると飯を炊き何かしら口にして空腹を満たしている。近所の主婦が魚や野菜の煮炊きしたものを、そっと台所に置いていってくれる。嫁いで都会に暮らす娘は三日にあげず電話を寄越す。

「お父さん、ちゃんとご飯たべてる？　叔母さんから電話もらって。叔母さんが会いに行っても、お父さんが迷惑そうにするだけで話もしてくれないって、心配しよるよ」

「わしがええかげんじゃった。こがいなことになる前に、どこぞ大きな病院に入院させておったらのうー。あげな若造の医者、信用したわしがバカじゃった。健太郎の言うことが正しかった」

「お父さん、そんなこと考えても詮無いことよ。お医者さんのせいでもお父さんのせいでもないよ。お母さんて静かな人だったけど、あれでけっこう明るい人やったから、今のお父さん見たら、あの世で笑いよるよ。化けて出るかもよ」

「おおー、化けて出るだけの根性があるなら出て来てくれりゃええがのう」

「お湯を注ぐだけのおみそ汁とレンジで温めるだけのご飯やら送っておいたからしっかり食べてね。五月の連休には、四十九日の法要もあるから帰るけど、一人で大丈夫？　ごめん、私も仕事もあるし、子どもたちのことも放ったらかしにできないし、長くはいられないけど」

「無理して戻らんでもええが、ここはもうお前の家じゃない。お前は自分の家族のことだけを大事に考えたらええんぞ」

「だったら、腑抜けみたいにならんとってよ。お父さんの人生、まだまだあるんだから」

義造は時期も場所もバラバラに、紀代との会話を思い出して長い一日を過ごす。紀代の声が頭の中に聞こえると義造はそれに応える。

——嫌じゃ、お父さん、おみそ汁のネギはこんな大きゅう切ったらいけんよ。不細工やなー。おいしそうに見えんよ。ほんとに家の事なんもできんのやね。うちが死んだらどうするの。

——大きさなんぞ食うてしもうたら一緒じゃ。文句いうなら食うな。わしは文句言うたことないぞ。

——そうじゃったね。男が食い物のことあれこれ言うのは格好が悪いって、威張っておったね。うちのこしらえたものは何でも、黙って食べて、張り合いなかったなー。どう？　おいしいかなって訊いても、「ええんじゃないか」これがお父さんの感想じゃったもんね。景子の婿さんは、うちの手料理にいちいち、お義母さん、これおいしいですね、なんて言うてくれて。世代の違いやろうか、それとも性格の違いかしらね。景子はええ人を見つけたわいね。

——何じゃ、おらが性格悪いみたいに聞こえるぞ。そういえば、お前の作った飯に、うまいとか不味いとか言うたことなかったのー。お前がおらんようになって、近所の人らが心配しておかずを皿に入れて持って来てくれるが、おらの口には合わんね。おらにはお前の飯が一番じゃ。

——嫌やなー、お父さん、今頃になってうちが料理上手やったのが分かったんかな。遅すぎるよ。

——そうじゃのー、何もかも遅すぎるのー。

義造は三度の食事を台所のテーブルで済ませている。紀代がいた時は茶の間に上がってゆっくり食事をした。四角い卓袱台《ちゃぶだい》の角を挟んで右側が義造、左側が紀代だった。子どもたちが巣立って二人だけになっても位置は変わることがなかった。今はその卓袱台に坐ることが、どうしてもできなかった。紀代と二人で食卓を囲んだその場所で、一人で食事をとることができなかった。好きなお笑いをみて二人で笑ったテレビのスイッチは、あの日から押されたことがない。朝早く届いた新聞を時間を掛けて隅々まで読むのが義造の日課だったが、その新聞も一度も広げられることなく積み上げられたままだ。

温泉好きで、高月山の麓にある温泉には二人でよく通った。女は長湯というが、紀代はいわゆる鴉の行水で、先に出て待っているのはいつも紀代のほうだった。その高月の湯も、遠い異国の場所のように思われた。

毎日ぼんやり坐ったまま、義造は頭の中に甦る紀代の声を聞いていた。

――お父さん、景子が学校でええ成績やったよ。音楽と体育以外は全部5やった。誰に似たんかな。音痴なとこはお父さん似、体育の苦手なとこはうちに似たことは確かやな。

――なーに、もしも頭がいいならお前に似たんじゃろう。はっきり、うちに似てこの子は賢いっち言うたらええが。女学校まで出て、おらみたいな百姓のちょんまい男のとこによう嫁に来たもんよのー。よっぽど仲人口にうまいこと言われたとみえる。

――うちは、里のお父さんに「お前は大女じゃけん、嫁のもらい手を探すのは容易じゃない、誰でもええ早う嫁に行け」って言われておった。初めてのお見合いであんたの嫁になったんは、お父さんがあんたのこと気に入ったけんよ。

――そうじゃったか、親父さんには感謝せないけんの。

庭先で誰かの声が聞こえる。

「よっちゃんよー、おるかのー」

義造の幼なじみの秋之である。

秋之は近くを通った、釣りにいったら大漁だったからお裾分けだ、などと理由をつけては義造を訪ねて来る。ありがたいことだとは分かっているのだが、以前のように牛や田んぼの話をしても愉快な気持ちにはなれなかった。玄関まで出て行くのも億劫な様子で引き戸を開けると、

「生きておったかい」

と、秋之は怒鳴るように言った。

「ほんに覇気がないのう。これ、嫁さんからじゃ。柴餅作ったけん食うてくれ。お前に酒が飲めたら誘うこともできるけんど……、また来るけん」

秋之はそれだけ言うと帰って行った。

分かってはいるのだが、どうにも腹の奥が空っぽになったようで、まともに礼を言うことさえ厄介だった。

――お父さん、健太郎が大阪の大学合格してしもうた。おめでたいことやけど、大阪の大学なんか行ってしもうたら、あっちで就職して結婚して家に戻ってこんかもしれんで。

——そう言いながら、合格した時は、うれしそうに隣近所に報告しておったな。それが健太郎のやつ、留年をくり返して七年もかけて卒業して、卒業式に着ていくんじゃいうて新調した着物、結局怒って袖を通さなんだな。まー、ええじゃないか、人の道に外れなんだら良しとせな。

——お父さん、健太郎が就職したけど、東京勤めになるらしいで。大阪よりもっと遠いとこに配属やって。偉い人は出身地のことなんて考えんのやな。景子は職業婦人になったと思うたら、すぐ結婚して九州の透さんの実家近くに引っ越してしもうた。こっちに戻ってきてほしかったのに思うようにいかんなー。子どもは小さい頃が一番やったな。庭先でチョロチョロしよった頃が一番楽しかった。大人になったらさっさと離れてしもうて、つまらん。

——つまらん言うけど、景子も健太郎もちゃんと仕事を持って、りっぱにやりよるのが何よりじゃ、どこで暮らしておってもええわいね、言うのがお前の口癖やったぞ。特に景子は女の身で仕事を続けておるのがお前の自慢じゃったな。

——うちな、あんたとお見合いする前、ちょっとだけ十日間ほどだけ勤めに出たことがあるんよ。ほれ、正本の造り酒屋。仕事は雑用やったけど、うちが嫌になって辞めたんでも、辞めさされたんでもないんよ。正本の奥さまがな、財布をぽろりと電話機の横に忘れておんなさってね、大きながま口が開いたままやった。奥さまに忘れておんなさった言うて持って行ったら、奥さまは財布のお札を数えながら、紀代ちゃんは正直者やな、実は奉公人が来たらこうして試しておるんよって。ちょっと嫌な気がしたけど、褒められた言うて父に報告したら、お父さん、えらい腹立てなって、うちの手を引いて正本に取って返したんよ。「人の娘、盗人かどうか試したのか、それがこの家の正体か、今日限り娘をこの家に通わすわけにはいかんけん」言うて怒鳴り込みなった。旦那さんが手をついて謝りなさったけど、お父さん頑固やけん。うちのお勤めはそこで終りやった。どこぞの会社で職業婦人みたいに勤めてみたかったたな。

――お前のおやじ様は、あのとおりの大男じゃけん迫力あったろうな。おやじ様の怒りはもっともじゃ。お前もおやじ様に似て、真っすぐで四角四面じゃった。ほれ、景子が小学校にあがった頃、道端でタバコを一箱拾うて警察に届けたら、警察官の対応が「持って帰って、じいちゃんにでもあげたらええわい」じゃった。景子はお巡りさんがそんなこと言っていいんですか、言うて怒ったらしいわい。あとで「おたくは子どもさんにりっぱな教育されとりますなー」言うて褒められたような、皮肉られたようなこともあったのー。

――うちの子どもたちの育て方は、ちょっと堅苦しいとこもあったのかもしれんな。

――いやいや、おらはそげな風に感じたはことないぞ。お前の正直で真っすぐな性格に、おらは助けられておったんよ。この家はけっこういい加減じゃが、お前が来てから一本筋が通ったようになったわい。

――あんた、うちがこの家に嫁に来てすぐの頃な、本家の吉明さんがな、うちが畑仕事しよったらわざわざ近づいてな、「お前もとんでもない家に嫁に来たもんじゃな、義造はここらあたりの嫌われもんぞ」って言いなさった。うち、びっくりしてな。もうどうしようかと思うて、里の父に相談したんよ。父には「自分の目で確かめろ」言うて叱られてしもうた。この頃、よう分かった。嫌われもんは、あの吉明さんやった。

――お前からその話を聞かされたのは、一緒になって半年も経った頃やったな。おらに話してくれたということは、おらのことを信じてくれたということじゃと思うて、うれしかったぞ。一つ年上の吉明とは喧嘩をしたり、じゃれあったりして育った幼なじみでライバルでもあったな。おらがええ嫁さんをもろうて、あいつ悔しかったんじゃろう。

――見合いの席で牛の話ばっかりしよったあんたは、やっぱり真面目な人やった。

――あの日のことは、今でも忘れてないぞ。

義造は一頭の牛を小屋から引き出して、柵に繋ぎ、丁寧に首から背中へとブラシをかけていく。若い牛の黒い肌を、藁を束ねて作ったブラシがシュウシュウと音をたてて走っていく。その巨体からは火でも付いているかのように白い湯気が立ち上ってきた。牛の首筋に手をまわしながら、自分がこの牛と一体化し、同じように真っ白い湯気を立ち上げているように感じていた。

この日は特別な日だった。二年半かけて育てた自分の牛が、初めて闘牛に参加するのだ。

それに加え、もう一つ特別なことは、義造の見合いの日でもあった。昼過ぎには見合いを済ませ、二時頃までには牛を引いて闘牛場まで行かなくてはならない。

着慣れない背広に袖を通しネクタイを締め自転車にまたがり、十キロほど東にある隣町の叔父の家に向かう。

叔父の家に着くと、見合い相手の娘と父親はすでに到着していて、座敷からは叔父の甲高い声と野太い男の声が聞こえていた。いつになく上機嫌の叔母が出迎えてくれた。娘の声は聞こえなかったが、家中に華やかな空気が満ちているのを感じた。

娘の名は紀代といった。

紀代はうす紫の地に、梅の花が咲いた華やかな中振り袖を着ていた。大柄な模様が、紀代の背の高さを、ことさら強調して見せている。伸びた腕は着物の身幅が足りないほどで、膝の上で行儀良く重ねられた手も、女にしては大きく、そのせいか、身の置き所に困っている風にも見える。四角い顔にややきつそうな目元、小さな口、ただ、きりっと通った鼻筋の美しさが、顔の造作の欠点をすべてを補っているようだった。その父も、その頃の男にしてはかなりの大柄で、小柄な自分と比較するとそれだけで身構えてしまった。

義造は見合いの席で、何を話題にしてよいか分からず、牛の話ばかりしていた。牛の角の形や尻の筋肉の張り具合などの話をしていると饒舌にもなり、気持ちも和らいで自然と笑顔にもなった。ちらちらと娘を見ると、娘は悠然と微笑んでいて、緊張してドキドキしているのは義造のほうだった。

紀代の母親は数年前に肺の病で他界していた。父親はなかなか豪傑のようで酒の飲みっぷりも豪快だった。酒をすすめられたが、「下戸ですみません、まったく飲めんのです」と断ると、父親は「そらりゃー、ええなー」と言って愉快そうに笑った。

小石を自転車の車輪で勢いよくはじき飛ばしながら、えろー、育ったもんよのー、おらより背が高そうじゃ、あの顔つきと体なら、少々の事には根を上げんじゃろう、と義造はペダルを踏み続けた。

家に戻ると、母の「どうじゃった」と言う声に、「ええーんじゃないか」と、弾んだ声で答えた。

叔父の家で出された膳にほとんど箸を付けないままだった義造は、急に空腹を覚え、母に茶漬けを頼んでかっ込んだ。足元をゲートルできっちり整え、頭に手ぬぐい巻き付けて、牛を引き出した。父からもらった一頭の子牛を大事に育ててきた。かつては鋤を付け田畑を耕すために飼っていた牛も、機械化が進んだ今は肉牛として飼っている。その牛で闘牛をするのは、今でも村の男たちの楽しみだ。

村には闘牛のための土俵がある。直径十メートルほどの土の固くなった広場を丸太の柵が囲むだけの簡単なものだが、父の代、祖父の代、そのまた上の代と受け継がれてきたものだ。勢子《せこ》と呼ばれる男衆が一頭の牛に一人ずつ付いて、奇声を発しながら牛の首すじや尻を手でポンポンと叩き、闘争心をあおる。もちろん行司もいて、見物人が柵の周りを取り囲む。子供たちは父親の肩に乗ったり、柵に登ったりして、目を輝かせている。行司が独特の節回しで呼び入れると、どの男も緊張と晴れがましさに顔を紅潮させ、牛を土俵に引き入れる。頭を地面すれすれまで下げ、顎を前足までぎゅっと引き、角をできるだけ鋭い角度で敵の牛に向ける。角と角を合わせ、体中の力で相手を押し、そして、突く。日頃は穏やかで優しげな牛の目は血走り、土俵の泥が飛び散る。角で首や頭を傷つけられ、血を流す牛もいる。勢子たちの掛け声に見物たちのどよめきやヤジが重なる。静かな村で、そこだけが、男たちと牛の猛り狂ったような熱量で、野太い風が渦巻いている。

義造の牛は吉明の牛と突きあうことになっていた。

「義造の牛、出てこいよー、出てこい。吉明の牛、出てこいよー、早よ、出てこーい」

行事の声が大きく響いて、義造は東から、吉明は西から牛を引いて土俵に入った。吉明の牛は、すでにかなり興奮していて、早く相手の顔面にその角を思い切り突き立てたくてうずうずしている様子だ。吉明は必死の形相で牛の手綱を引き押さえている。対して、義造の牛は、田んぼにでも引かれたようにのんびりとしたものだった。見物衆の「義造、こらー、しっかりせんか」とか「こりゃー、突かんうちから勝負ありじゃ」などとヤジが飛ぶ。勢子と一緒に、牛の尻をぱちぱち叩いて仕掛けるが、相手の牛を見ようともしないで逃げ腰になっている。無理に引いて、角を絡ませようとするが、ずるずると後ずさりしながら顔を背ける。

こいつはまったく闘う気もないのかと、諦めかけた時だった。牛は急にくるりと向きを変えると敵に向かって突進した。不意を食らった吉明の牛は、顔面に角の攻撃を受けてバランスを崩し、それ以上逃げ場がないとわかると、柵にそってぐるぐる回り始めた。勝負はついた。

「根性の悪い牛よのー」

吉明の捨て台詞は、お前は根性の悪い男だと言われたようで、義造は勝った興奮が一気に冷めて頭の手ぬぐいをむしり取った。

「先方はいい話じゃと言うとる」

見合いをして数日後に叔父から知らせが来た。結婚話はトントン拍子に進んでいった。紀代の慎ましい姿やきりっとした横顔を思い出して気持ちが弾んだ。

この村を流れる藤の川は遠く下流でいくつもの川と一つになって吉野川にそそがれ、四万十川を辿り太平洋の水となる。藤の川では走るように流れていた水も、吉野川ではその広い川幅をゆったりと遊ぶように流れる。紀代の住まいは、その吉野川の豊かな盆地にあり、吉野の里と呼ばれている。吉野では、ツガニと呼ばれる大きな蟹や川エビ、鮎など川の恵みが豊かだ。

見合いの席ではどこか居丈高な印象を持った紀代の父親も、祝言が決まると舟を出して蟹や鮎を捕り、義造のもとに届けてくれたりした。そんな心遣いも、自分たちのこれからを明るいものに感じさせて、義造は幸福感に満ちて時を過ごした。

山が黄や赤の色に染まり、朝の空気がひんやりと体を包みはじめたその日、紀代と祝言を挙げた。義造二十二歳、紀代二十一歳の秋だった。紀代は長い黒髪で文金高島田を結い上げ、それを角隠しですっぽりつつみ、黒地に蝶々の舞う花嫁衣装で嫁いできた。このあたりの風習では、花嫁は玄関からは入らない。湿気の多いこの地独特の高床の縁側に設えた三、四段の階段を使って家の座敷に入り、杯を交わし、大勢の人たちの祝福をうけた。


——お父さん、こんな田舎でクリスマスやて可笑しいけど、景子がクリスマスツリーを飾りたいんやって。山からモミの木を切ってきてや。

——よっしゃ、まかせとけ。

——お父さん、こんな大きなモミの木どうするの。家の中に入らんがね。

——庭に立てたらええが。

——うわー、素敵なクリスマスツリーができたなー。片付けるのもったいないな。来年までこのまま置いておこうかしら——

——こがいなことでそがい喜んでもらえるとはな。来年また山から切ってくるが。

——お父さん、景子に何人かの男子生徒から電話がかかりよるで。お父さんから注意してや。景子はお父さんに似たのかもしれんな。変な噂が立ったら困るもんな。そういうとこ、ぜったいお父さん似やわ。お父さんの噂、うちが知らんと思うとるの。ご丁寧に報告に来てくれる人はけっこういるもんで。

——何の話か知らんが、お前の考え過ぎじゃ。やれやれ今頃になって、おかしな話でおらを責めるなや。

——今頃にならな、こんなこと言えんかったもん。正直に言うてみなはい。

——そげな甲斐性がおらにあるわけなかろうが。

——お父さん、あんたは、うちの息子だって。さっきね、病院であんたがおらん時、看護師さんが来て、あれ、息子さんは？って言うたの。うちが、あれは主人ですって言うたらびっくりしとられた。うちはもう、おばあさんになってしもうた。

——あの頃はもう風呂に入るのも、おらの手助けが必要になっておったの。あの伸びた背や手足は、長い間の畑仕事とリューマチで縮んでしもうたように見えたの。ノミの夫婦だと言われるのが、お前は嫌じゃ言いよったが、おらは背の高いお前が自慢じゃったぞ。

——うちは、この頃、死んだ人の夢ばかりみるの。それに、昨日は自分の葬式の夢をみたの。あの山の墓地から真っ白い川がこの家の座敷の中まで流れ込んで来てた。うちを連れに来たんよ。うちの爪、この頃あんまり伸びんのよ。じいちゃんが言いよんなった。人は死ぬ前には爪が伸びんようになるって。

——つまらんこと気にするな。おやじの話はいい加減で嘘ばっかりじゃ。

――お父さん、ひどい。畑の仕事は全部うちにまかせておるけん、雑草と花の区別もつかんのやね。通りから庭に入る道の両脇にクロッカスを植えておいたのに、もうすぐ花が咲くはずやったのに。道の両脇に可愛らしい白い花が一列に並ぶはずやったのに。草苅機で全部刈り取ってしもうて。もうお父さんなんか畑にも花壇にも近づかんとってや。ここにはクロッカスが、ここにはすみれが植えてある言うたでしょうが。お父さん、わざとやったんじゃないの。

――そがい怒るな。花が咲いておらなんだら、草も花も一緒に見えるぞ。また、来年植えたらええが。

――今年咲くはずの花は今年だけの花やもん。植え替えても来年咲く花は違うの。今年の花は死んでしもうた。もう絶対許さんけん。

――お前にしては珍しくえらい怒ったのー。長いこと口も利いてくれんかったのー。

――お父さん、今年は家の東も裏も全部の畑に、このエンドウ豆を植えてくださいや。にんじんや牛蒡、里芋の植えてあるところは触らんとってや。うちの体がいうことききかんけん、お願いします。芽が伸びたら間引きしたらいいけん、畝も狭うとってしっかりタネを蒔いてくださいや。

――おおー、二反以上もあるぞ。全部エンドウ豆植えてどがいすりゃ。

――うちの友だち、和菓子屋のトモちゃんに頼まれたんよ。エンドウ豆の餡子の材料が足らんけん協力することにしたんよ。

――これはえらい黒いタネじゃの。それにかなりの量じゃ。いつの間にこんな準備をしておったのかのー。それにしても、トモちゃんと話ができてよかったの。何遍も見舞いに来てくれて、お前とは仲がようてよかったわい。

――トモちゃんはうちの親友やもん。

――畑全部に種を蒔いたぞ。

――ありがとう。これで完璧やな。

――エンドウは葉を出してつるが伸び始めたぞ。そろそろ雑草を引いて、伸びたつるに添え木を立ててやらないけんが、お前の身体の調子が思うようにならんね。


五月の連休になった。四十九日の法要に娘が戻って来る。昼前には着くはずだと連絡を寄越していた。以前なら娘や息子が帰って来ると聞けば、必ず駅まで迎えに行くのが義造の楽しみだったが、そんな気にもならなかった。タクシーで帰るから大丈夫よと言う娘にそうしてくれと、相変わらずじっと坐ったままだ。車の音がしてパタンとドアの閉まる音が遠くで聞こえた。すぐに駆け込んで来るかと思ったが、なかなか玄関の引き戸が開かない。しばらくして戸を開けた娘が興奮気味に叫んでいる。

「お父さん、畑のあれ、どうしたの？　すごい！」

義造は椅子に坐って動こうとしない。

「何ごとぞ。大きな声で」

「お父さん、あれ、見た？　いったいどうなってるのよ」

景子は義造の腕を引いて外に連れ出した。

義造は眩しいほどの五月の陽射しに一瞬目を瞑る。

「あれ、あれ」

と娘が畑を指差してほうけたような顔を向けている。清々しい風が義造の体を撫でて行く。どこからか甘い香りが流れて来た。

畑に目を向けると、そこは一面、ピンク、紫、白、色とりどりの花が咲き誇っていた。義造が家に籠っている間に、太陽は陽射しを強め、この二日ほどで一気に花を咲かせたようだ。古びた百姓家が、義造一人が暮らす寂しい一軒家が可憐な花に取りかこまれていた。

義造は畑に走り寄ると花の中に分け入って呆然と立ち尽くした。

「これは何という花じゃ」

「これ、全部スイトピーよ。お母さんが大好きだった花よ。お母さんが植えたの？　でも、もう去年の冬には何にもできなかったよね」

さわさわと揺れるスイトピーの花が家を包んでいる。小さな花は風にまかせて波打つようにあちらからこちら、こちらから向こうにと絶え間なく揺れている。

野菜や花にあまり熱心でなかった義造には、エンドウ豆とスイトピーの違いが花が咲くまで分からなかった。そのうえ、タネを蒔いたことさえ忘れかけていた。

「そうか、こういうことじゃったか。母さんにうまいこと騙された。おらに畑全部にこのタネを蒔いてくれと言うての。言われたとおりタネを蒔いたのよ。花が咲くまで分からなんだ」

父の姿を呆然と眺めていた景子は、気を取り直したように、

「これ、お母さんの計画？　嘘！」

と、可笑しそうに声をあげた。

「お母さんらしいわ。お父さん、やられたね。今頃、やったーって笑ってるよ」

芽が出て葉が茂り始めた頃、義造は添え木をしたほうがいいかと紀代に尋ねた。

「あのままでええんよ。今年のエンドウ豆は新種じゃけん、手間がいらんの。ほったらかしでええの。もうすぐ、五月頃には花が咲くけん」

そう言って、紀代は洗面所の窓から東の畑を、寝室の窓からは裏の畑をじっと眺めていた。畑が青々と繁ってゆく様をうれしそうに見ていた姿が甦る。

風に揺れるスイトピーに乗って、紀代の声が聞こえたような気がした。どこか明るい笑い声のようでもあった。義造は花の中に紀代の姿を探すが、そこはスイトピーの花だけがさわさわと揺れているだけだった。天を仰いでみるが、真っ青な空があるだけだった。

義造はスイトピーに身を隠すようにうずくまり、娘がいることも忘れ、紀代が逝って初めて声をあげて泣いた。

ブラック・チェリー

久しぶりに四国南予の山と川に包まれている。父の三回忌法要のため、ここに戻ってきた。寺も墓地も耳が痛くなるような蟬の声と蒸せるような夏草の匂いで、そうだった、父の危篤を聞いて慌てて戻った日もこんな真夏だったと思い出す。

精進落としは、近くに嫁いでいる姉二人とその家族や叔父叔母が集い、姉たちの幼い孫があちこち走りまわり、祭りの日を思い出すような賑やかさだった。

父は穏やかな男で自分たちは父に叱られた記憶もない、反対に母は厳しい人だった、と姉たちは声を揃えて語り合っている。学校の成績を気にするのも、箸の上げ下ろしから言葉遣いまで厳しくしつけるのも母の役目だった。そういえば、「お父さんはずるい、うちは損な役目ばっかりやけん」と言っていた母を思い出す。

酒の入った叔父たちは、兄貴も姉さんもそれなりに幸せな日々だったろうと、些細な思い出話で弾けたように笑い合っている。二人の姉は、そんな叔父たちの会話に穏やかに頷いている。自分の親でも夫婦のことはよく分からない。晩年は寄り添うような二人の姿を見たこともあったから、叔父たちの言う、それなりに幸せな日々も確かにあったのだろう。

「お義父さんは、こんな田舎で、と言っちゃ申し訳ないが、なかなかしゃれた人でしたよね」

と、義兄が言っている。

「そうそう、出かける時は真夏でも、ちゃんとスーツ着てパナマ帽なんか頭にのせてね」

姉の言葉に、一同が「そうそう、そうだった」と笑っている。

思い出話はあちこちに飛んで尽きることはなかったが、料理や酒があらかた片付いて二時間ほどでお開きになった。こんなふうに皆が集うこともしばらくはなさそうだから、と叔父が記念写真を撮った。

料理屋を出たところでふと、彼に会ってみたい、という思いがわき上がった。

四年前に母の十三回忌も済ませている。しばらくこの地に戻って来ることもないと思うと、このまま帰路につく気になれなかった。義兄が空港まで送ってやると申し出てくれたが、ちょっと寄りたいとこがあるのだと断って、叔父や姉たちと別れた。どこに寄るつもりなのだ、と酔った叔父が愉快そうに尋ねてくるのに閉口して、逃げるように歩き出した。

刺すような日差しを手で遮りながら雲一つない空を見上げる。喪服の黒があの太陽の熱を一点に集めているようで、背中が焼けるように熱い。慌てて上着を脱ぐと、ついでに黒いネクタイも外してポケットにねじ込んだ。

埃っぽい県道を駅に向かって歩く。アスファルトの路面は焼いた鉄板のようで、靴底が溶けそうなほどだ。強い日差しに加えて地面から立ちのぼる熱風に、酒の入った身体はだらしなく揺らぎ、意識もぼんやりしたままだ。鋭い日差しを遮ってくれる街路樹もなく、等間隔に立っている電信柱だけが、路上にくっきりと黒い影を落としている。道路を何台ものバイクが長い列をつくって走って行く。大きな排気音と、音楽なのか声なのか聞き取れない音を残して行き過ぎた。路面の空気が一段と熱くなったように感じる。

道路の先に予土線の線路が見える。あの踏切を渡って右に折れると駅が見えるはずだ。踏切のすぐ手前には、この町で一軒だけの旅館がまだ残っていた。

板塀に囲まれた大きな二階建ての建物はそのままで、広い中庭があったあたりには生い茂った樹木の先も見える。見上げると、あちこちの屋根瓦が欠落していた。入り口のガラス戸の向こうには白いカーテンが垂れ下がっていて人の気配はなく、ガラス戸に書かれた芝山旅館という文字が、ところどころ剝げ落ちている。かつては遍路宿でもあり料理旅館でもあった。父の職場の宴会なども、この旅館が利用されていた。

酒に弱い父は、旅館で酔いつぶれることもたびたびで、呼び出されて母が迎えに行くこともあった。私が中学生の頃には、母に代わってそれが私の役目になった。父は無口で、これといった趣味もなく、どちらかというと面白みのない男だった。家族の前で冗談を言って明るく笑うこともめったになかった。そんな父が酔うと歌を口ずさんだ。それも聞いたことのないおかしな歌で、たぶん勝手に自分で作ったものだ。何と言って歌っていたのか思い出せないが、酒臭い息を吐きながら、やたら楽しげだったことを覚えている。あの頃は外灯も少なく、旅館を出た途端に周りは暗闇で、電信柱の裸電球だけが人けのない路面を照らしていた。足元のおぼつかない父を支えて、歌詞も旋律もいい加減な同じ歌を聞かされながら、暗い夜道を歩いた。

当時は、面倒だと文句を言っていたが、今思い出すとそんな役目も悪くなかった。酔っぱらっていた父に親しみを感じるのは、自分があの頃の父の年をとうに超えているからかもしれない。

芝山旅館の横には駄菓子屋があって、学校帰りの子供たちの遊び場にもなっていた。時折バスや大型トラックが行き交うので、店先に坐っているおフクさんという年寄りに、「そんなところで遊んじゃ危ない」と、よく声を掛けられた。あの頃、子供の目から見ればお婆さんだと思っていたが、考えてみると、さほどの年ではなかったようだ。夏の頃など、おフクさんが胸の大きくあいた服を着ていて、遊び仲間と「おフクさんの乳が見えた」と騒いだことがあった。半世紀ほども前のことだ。

その頃だった。パナマ帽を深く被った父が、芝山旅館から出てくるのを見たことがあった。あの日も、今日のように真夏の陽がジリジリと地面を焼いていた。

駅舎で仕事をしているはずの父が、制服ではなく白っぽいスーツを着ていた。子供心にも秘密めいたものを感じたのだろう、その時、私は父に声をかけることもしなかったし、それを母や姉に話すこともなかった。

華やかでどこか大人の秘密めいた空気を漂わせていた芝山旅館も、今は枯れ木のように力なくそこにあった。

そんなことを思い出しながら芝山旅館を通り過ぎると、懐かしい三角屋根の駅が現れた。父は定年まで、ここで駅員として勤め上げた。

すっかり寂れた駅舎は色をなくしているだけでなく、人の気配も音も匂いも何もかも消えてしまっている。それに反して、空の青や山の緑はいっそう強さを増して、駅そのものを侵蝕しているようにも見える。駅舎の横に立ってプラットホームを眺める。

線路には、枕木をうまく避けるように夏草が人の背丈ほども伸びている。長いプラットホームはコンクリートの黒ずんだ肌を見せ、角は欠け落ちている。ホームの真ん中あたりに、一両分ほどの長さの屋根が取り付けられている。幅はちょうどホームに合わせた広さのスレートで、四角い木柱が屋根を支えている。

あの屋根は昔からあっただろうか。思い出そうとするが、屋根があったのか、なかったのか思い出すことができなかった。あってもなくても、あの屋根では雨の日などは傘をさして列車を待たなくてはならないし、今日のような真夏の日差しはとても避けられそうにない。

立ち止まった途端に汗が噴き出して、シャツのあちこちが身体に貼り付いてくる。たまらず飛び込んだ駅舎は、吹きさらしで、もちろん冷房の設備もない。それでも日陰と吹き抜ける乾いた風にほっとする。

駅舎の壁に沿って設置されたベンチに、二人の年老いた女が膝を突き合わせるように坐り込み、懐かしい伊予弁で話し込んでいた。

「まったく困った奴らじゃねー」

「可愛げのない奴らじゃが、捕まえて殺してしまうわけにもいけんでのー」

何の相談かと、ぞっとして二人を見るが、話の内容のわりには穏やかな表情だ。

「奴らの天敵は何じゃろうね」

「天敵はトラじゃそうな」

「さすがに、このあたりにトラはおらんぞね」

「どこぞの動物園からトラの糞をもろうてきて撒いたらどうじゃろう」

一人の提案に、もう一人が「そりゃあ、ええ考えじゃ」と、膝を叩いて笑った。会話をよく聞くと、どうやらハクビシンの駆除の話をしているようだった。

〝切符売り場〟と書かれた小さな窓は締め切られていて、代わりに切符の自動販売機が設置されているから無人駅になっているようだ。

私は十五歳から三年間、このホームから列車に乗り町の高校に通った。その頃、この土地の人たちは、どこに向かって行くにもこのホームから出てここに戻ってきた。車両は五両も六両も連なっていて、列車が停まるたびに駅舎もホームも人で溢れていた。

改札口からホームを眺めていると、子供の頃、学校帰りに時々この駅に寄っては、父の姿を探したことを思い出す。ホームで直立不動のまま敬礼して列車を見送る父の姿を見ると、誇らしいような嬉しさがあった。

駅まで来たものの、これから訪ねるつもりの家は、ここから徒歩で二十分ほどかかるだろうかと外に目をやる。狭いロータリーの地面からは熱気が揺れて立ち昇っていて、駅舎の陰から飛び出す気力も失せかけた。

壁に掛かった時刻表を見ると、運行は三時間に一本ほどで、次の上り列車までは二時間以上の間があった。時間は充分ありそうだ。話し込んでいる年寄りに、駅前にはタクシー乗り場があったはずだがと尋ねると、

「あんたさん、そんなものはとうの昔にのうなったがね」

と、一人の方が駅舎を震わせるほどの大きな声で答えた。もう片方の年寄りが競うような大声で笑って、

「あんたさん、見かけんお人じゃが、この土地の人かいね」

と言った。

「はい、高校まではここに暮らしておりました。若い頃はよく帰省しておったんですが、今日は久しぶりに父の法事で戻っとりました」

「そうかいね。暑い中、ご苦労さんじゃったのー。どこからもんて来られた」

「東京からです」

「ほう、それはまた、そげな遠いとこから、ようもんて来られたのー」

と、懐かしい親戚の者でも労《ねぎら》うように言った。そして、その先の薬局で頼めばタクシーを呼んでもらえるがすぐには来ない、と親切に教えてくれた。

とにかく歩いてみようと、思い切って陽炎の中に飛び出した。目的の家に向かって狭い商店街を歩いて行くと、『スナック・夕子』の看板が目に飛び込んだ。こんなところにスナックがあるのかと見ると、白いドアに〝昼間は純喫茶〟というプレートが掛かっていた。小さな窓から店内を覗いてみたが、暗いままで〝純喫茶〟がオープンしているようには見えなかった。

昼間のスナックというのは、都会も田舎も同じような香りが漂っている。どこにあってもそれなりの風情と寂しさがあるものだ。

町並みを抜けた途端、川面が現れて視界がパッと開けた。ゴツゴツとした岩の間を水が勢いよく流れ、しぶきを上げている。川の風景は今も変わらない。もう少し下流のあたり、流れの穏やかな場所が子供の頃の泳ぎ場だった。低い欄干のこの橋も、昔のままだった。橋を渡った先にある神社の銀杏の大木が陰をつくっている。足早に木陰に逃げ込む。遮られた日差しにほっとして汗を拭い一息ついた。ペットボトルの水一本も持たなかったことを後悔して、予定を変更してここらあたりで引き返そうかと思案する。先ほどのスナック・夕子の〝昼間は純喫茶〟が開いていれば迷うことなく飛び込んでいるところだ。

迷っているのは暑さのせいだけではない。行っても歓迎してくれるとは思えない、会う意味があるのだろうか、とどこかで引き返す理由を考えている。

それでも、せっかくここまで来たんじゃないか、今日を逃したらもう永遠に会うこともないんじゃないかと、思い切ってアスファルトの路上に飛び出した。

区画整理されて広がる水田は、稲穂の上を風が流れて、緑の大きな湖が波打っているようにも見える。

しばらく歩くと農道の先に一軒の民家と、すぐ横に数棟のビニールハウスが見えてきた。確かあの家のはずだと薄れかけた記憶をたどるが、その家を訪れたのは母に連れられてだったのか、父と一緒だったのか、一人で行ったことがあったのかさえ記憶は曖昧なままだ。

連絡もせず訪ねるのは不自然かもしれない。手みやげもない。この前を通ったから、ちょっと思い出して寄ってみた、そんな軽い感じで声を掛けてみようか。いや、それもおかしい。この炎天下にここを歩くには理由が必要だ。やはり、正直に会いに来たのだと言ったほうが自然だ。突然では迷惑かもしれない、第一、行っても留守かもしれない、とあれこれ思案していると気持ちがせいてくる。

自分はこんなにも明確に、彼に会いに行こうと思い彼に近づいている。そのことを反芻しているうちに、彼もまた、自分の訪問を強く望んでいて、ずっと待ってくれているのではないか、何の根拠もなくそんな気がした。そうなると、会いに行くと決心をしたことは正しい選択だった、ずっと気になっていたことを話し合って、本当のところを知りたい、と足早になった。

額の汗を拭いながら、道端に立ち止まって一息ついていると、自転車で近づいて来た男がじっとこちらを見ながら通り過ぎた。見慣れない男がいる、と不審に思ったのかもしれない。男はすれ違った途端、ブレーキ音を響かせて止まった。

「あんた、司馬の大ちゃんじゃないか」

と、男が声を掛けてきた。

振り向くと、男が自転車にまたがったまま片足を地面に下ろして笑っていた。

自転車の荷台には、平たい段ボールの箱が何層にも積み上げられ括り付けられている。半袖のシャツから伸びた男の腕は日に灼け、浅黒い皮膚に汗の粒が光っていて、鉄パイプのような指が自転車のハンドルを握っている。ビーチサンダルを履いた裸足の足は土で白く汚れている。農機具メーカーのロゴの入ったキャップがやけに真新しく、暗い影が顔の半分を隠していた。男は自転車から降りてキャップを取った。

「わしよ。順一よ」

訪ねるはずの男の顔がそこにあった。

「ああー、順ちゃん」

「やっぱり大ちゃんよ、久しぶりやな。元気やったかな」

深い目尻の皺や硬くなった皮膚に相応の年齢は感じるものの、眩しそうに目を細める表情は確かに順一だった。

こんな年になっても人の顔には、どこかしっかり子供の頃の面影が残っているものだ、と順一の顔に見入る。エラの張った四角い顔、濃い眉は子供の頃のままだった。

順一の出現が唐突過ぎて、準備していたつもりの言葉も飛んでしまった。

「わしを訪ねて来てくれたのかのー」

会いに来たのだ、と言うつもりだったが、

「いや、このあたりが懐かしくなって、ついブラブラ歩きよったんよ」

と、言い訳じみた言葉が口をついて出てしまった。

順一はキャップを被り直して、じっと私を見て言った。

「ばったり会うてよかったわいね。懐かしいのー、元気でおったかのー」

屈託のない明るい声だった。

「うん、元気。順一君も元気そうやな」

「大ちゃん、若ふうやのー、わしはこのとおり爺さんよ。子供の頃、わしらそっくりじゃったが、年とると立派な他人になっとるのー」

順一は心底おかしそうにカラカラと声をあげて笑った。

そっくりといっても、双子のように似ていたわけでもない。どことなく似ていたのだろう、人からは兄弟のようだと度々言われた。

わざわざ他人だと強調するように言った順一に、何か意図があるのかとその表情を探るように見てしまったが、日焼けした顔を崩して笑う順一の目は驚くほど明るかった。その笑顔を見ていると何かしら後ろめたい居心地の悪さを感じてしまった。

父の三回忌に帰省したのだと言うと、

「もうそがいになるかな、早いなー。大ちゃんも寂しなったね。おっちゃんがおられんとわしもつまらんわい」

と、順一は真っすぐな眼差しを私に向けて言った。私は次の言葉がなかなか出て来ない。

「おやじは順ちゃんにお世話になっとったんやろうね」

「いやー、わしのほうがおっちゃんには、だいぶ世話になったんよ。若い頃、やんちゃで、ケンカして警察のお世話になったことがあってね、あのとき、おっちゃんは他人のわしをいろいろ助けてくれてね」

また、順一は他人と言った。本当に他人だったのか、そのことを聞きたくてこの焼けるような道を歩いてきたはずなのに言えなかった。

「そんなことがあったん?　知らなんだ」

「あの頃、大ちゃんは、もう東京に出て行っておらんかったもんね」

「うん、年に一、二度戻って来るのがせいぜいやったな。ところで、おばちゃんは元気？」

順一の父親は、順一が小学校に上がった年に長く患った末に亡くなっていて、順一は野菜作りをしていた母親と二人暮らしだった。

「それが、去年ぽっくり逝ってね。畑仕事も手伝うてくれて元気じゃったけんど、もう八十過ぎとったけんね」

「そうやったん。なんちゃ知らんと失礼してしもうたね。順ちゃんも寂しなったね」

順一は、「この年になっても嫁ももらわず一人暮らしで困ったもんだ」と、まるで他人の噂話のように私にささやいて笑った。

「今も野菜作りよるん？」

「そうよ、それしか能がないんよ」

そう言って、順一は自転車の荷台の箱を指差した。

箱の蓋は真ん中が三分の一ほど窓のように切り取られていた。覗くと、赤というより、黒色に近い小さなトマトが行儀よく並んでいた。

「ブラック・チェリー」

と、順一が言った。

どう見てもトマトだと思ったが、サクランボだったのか、と順一に「チェリー？」と聞き返した。

「このトマトの名前」

と、順一は私の反応を期待した通りだと言わんばかりに嬉しそうに答えた。小学生の頃に見た順一の笑顔だった。

順一は箱の真ん中からそのトマトを一つ抜き取ると、

「食べてみてよ。このあたりでブラック・チェリーを栽培しよるんは、わし一人なんで」

と私の鼻先に突き出した。

食べろと言われても、ここでこれを？　と戸惑っていると、順一は「ほれ」と、もう一度トマトを突き付けた。これを食べるのがお前の義務だ、逃がさないぞと言われているような強引さにトマトを受け取った。せかされてもすぐには口に運べないまま、私はその黒いトマトを眺めた。トマトはつまんだ指先を跳ね返すような弾力がある。つい今しがたまで、大地から伸びた茎にぶら下がっていた強さを感じさせる。

「へえー、こんな変わったトマトを作りよるん。やっぱり穫りたては新鮮やね」

私がトマトをつまんだまま、ぐずぐずしていると、

「大丈夫ちゃ、毒も農薬も付いておらんで。わしの自慢のブラック・チェリー、食べてみてよ」

と、順一はまた言った。

あとでいただくよ、そう言ってポケットに仕舞いたいと思ったが、何が何でもここでトマトを食べてみろ、とまるで脅迫されているようで、私は硬くピンと張ったトマトの肌に歯を立てた。トマトから音と一緒に汁が飛び散った。自転車の荷台で陽にさらされていたトマトは、茹でたように温かく、そのせいか味わったことのない苦みと酸味が口の中に広がった。トマト独特の香りも濃厚だった。喉が渇いていたせいか、想像以上にうまかった。

どうだ、という顔で見つめている順一に、

「うん、うまいよ」

と言った。

順一の風貌とブラック・チェリーというカタカナ音が不似合いで、ふっと笑いが出た私を見て、順一は、

「なー、うまいやろう」

と言って自慢げに笑った。

会っておかなくてはと訪ねたはずだったが、実際に目の前に順一が立っていると、何のために会いたかったのか、自分でもよく分からなくなった。当たり障りのない世間話をして、このまま別れてもう会うこともないかもしれない。今頃になって順一に聞いてみるという子供じみた行為も恥ずかしいようで、これでよかったのだと納得していると、

「あっ」と、声をあげて順一が私の胸のあたりを指差した。見ると白いワイシャツにトマ

トの赤が飛び散っていた。

「すまんかったな、汚してしもうたな」

「大丈夫よ。着替えも持っておるし、洗濯したら取れるよ」

私は残りのトマトを一気に口に入れて、味を確かめるように咀嚼した。私の口元をじっと見ていた順一は、トマトのヘタを持ったまま口を動かしている私の手からヘタを取り上げると、雑草の広がっている畑に向けてキャッチボールでもするような大きなフォームで投げ捨てた。

「珍しい品種かな？ ちょっと変わった味やったけど、新鮮さはやっぱ違うね。うまいよ」

「ここらの人にはあんまり喜ばれんけんど、都会ではけっこう売れとるんで。大ちゃん、やっぱ、都会人やけん、センスええよ」

順一は、アスパラガスやオクラも栽培しているが、今はこのブラック・チェリーで勝負だ、どちらにしても、野菜作りはきついばかりで儲からないのだと言った。

「大ちゃん、仕事は相変わらずお役人かの。立派な仕事で、けっこうなことやね」

「そんなことないよ。出世コースから外れて、あとは定年まで大人しく勤めるだけやけん」

「いやー、わしらから見たら、大出世よ」

と、順一は私の言葉を大声で遮った。

子供たちは今どうしているのか、嫁さんは元気か、と順一が親戚の年寄りのように質問攻めをしてくる。娘も息子も独立して、嫁とは五年ほど前に離婚した、今はやもめ暮らしだと答えると、離婚の理由などは気にする素振りもなく、

「そうやったんかな。最初から一人も寂しいけんど、年とって一人になるのも寂しいね」

と言った。

同級生や恩師の話が続き、順一は自転車を支えたまま、なかなか解放してくれそうになかった。私の額や首は汗だくだが順一を見ると、この暑さに慣れているのか、さほど汗もかかず暑そうにも見えない。私は少しオーバーに時計を確認して言った。

「順ちゃん、そろそろ行くよ。次の電車に乗るから、ここで」

「そうか、呼び止めてすまんかったね」

「そんなことないよ。今日、会えてよかったよ。次はいつ戻れるか分からんもん。俺たちもええ年じゃけん、いつまで元気でおるか……。ほんとに会えてよかったよ」

順一はキャップを深く被り直すと、自転車にまたがって田んぼの先に目を向けたまま言った。

「大ちゃん、わしら母親違いの兄弟よ。わしは大ちゃんの三カ月だけ年上のあんちゃんよ」

私はそのことを確かめるためにこの炎天下を歩いて来たはずだったが、順一の言葉は唐突過ぎて油断している背中を突然蹴飛ばされたような衝撃だった。

「わしの親父はとうに死んでしもうて、大ちゃんのおふくろさんも親父さんものうなって、

一人残ったおふくろは黙っておれんかったんじゃね。死ぬちょっと前にカミングアウトよ。そやけんど、大ちゃんも分かっとったやろう。分かっておるけんど、わしの口から聞きたかったんよね。そのためにここまで来たがやろう」

「いや、そうじゃないよ」

「そうじゃなかったら、余計なこと言うてしもうたね」

「いや、やっぱり、本当は順ちゃんに会いに来たんよ。ずっと何十年も前から聞きたかったんよ。姉ちゃんたちは、もうどうでもええことやって言うとるけんど。おやじにもちゃんと聞けなんだし、こんな年になっても、まだぐずぐず気にしよるのも情けないけんど」

父に尋ねる機会はいくらでもあったはずだ。大人になれば聞いてみよう、うんと年をとって枯れてしまえば軽く思い出話のように聞けるかもしれない、そんなふうに考えながらこんな年になり父は逝ってしまった。

「いやー、気にしてあたりまえよ。わしも大ちゃんも同じようなもんよ。皆、分かっておったんじゃが、どこぞで知らんふりしたかったんやね」

順一の声は子供を諭すような柔らかく親しみのこもったものだった。

「順ちゃん、もしかしたら子供の頃から知っておったん」

順一は何度も頷きながら言った。

「わしが小学六年生の時やったな。誕生日におふくろが自転車を買うてくれてね。こんな高いもん、どうしたんじゃろう、と思うたことがあった。司馬のおっちゃんが買うてくれたんじゃと思うた。自転車の乗り方を教えてくれたんもおっちゃんやった。あん時、何となくおっちゃんはおふくろにとってもわしにとっても、特別な人のような気がしたね」

誕生日に父に自転車を買ってもらったのは、私も小学六年生の時だった。乗り方を教えてくれたのは、二人の姉たちだった。

どんな言葉でどんな反応をすればいいのか、アスファルトからの陽炎と頭上を突き刺すような日差しで、思考もだらしなく溶け出したままだ。

自分の身体のどこかに、ずっと棘のように刺さっていた。痛くてたまらなかったわけじゃない、時々、ふと気になってその棘を触っては確認していた。あのときのあれは何だったのだろうか、あのときのあの情景は何を意味していたのだろうかと。姉に言えば、きっと「いつまでしょうもないこと言うとんの」と笑い飛ばされるような話だ。

順一の身体にもまた、もしかしたら、私のそれより大きな棘が深く刺さっていたのかもしれない。順一はそんな棘など簡単に抜き取ってしまっていたのだろうか。それとも、その頑強な身体の中に溶けて消えていたのだろうか。

聞きたいことはあれこれ浮かんでくるが、言葉が続かなくて、順一との会話のせいなのか、この焼けつく日差しのせいなのか、惚けたように立っている私に、

「今度戻ってきたら、ゆっくり酒でも飲もうや。待ちよるけん」

と、順一は笑顔を向けて言った。そして、自転車のペダルを思い切り踏み込むと、もう一度「待ちよるけんね」と言いながら、熱気のアスファルトの上を滑るように走り去った。

順一が去ったあと、暑さも忘れてしばらく立ち尽くしていた。

やっとの思いで駅に戻った。駅の待合室には先ほどの年寄り二人が同じ姿勢のまま坐っていて、同じように話し込んでいた。年寄りの一人が駅舎に戻った私を見て、

「兄さん、用は済んだかいね」

と言った。

「はい、すっかり」

と答えると、

「そらゃー、よかった」

と、やっぱり大声で笑いながら言った。

確かに目的は達せられた。何十年もぐだぐだと考え込んでいたことが、いとも簡単に解決した。順一はトマトのヘタを投げ捨てるように軽々と答えを放り投げた。

本当のことを聞けば、確かめれば、何かが変わるような気がしていた。はっきり兄だと言われて、もっと動揺するなり熱いものがこみ上げてきてもいいはずだと思うが、そんなに簡単に気持ちは変化しなかった。

十分ほどで列車が到着する。ベンチに坐って待っている間、吹きさらしの駅舎に風が抜け

ていく。

自動販売機で切符を買って、無人の改札を出て草の生い茂った線路を渡り、五段ほどの石段を上がってプラットホームに立った。日差しが傾き始めていて、スレートの屋根がつくる影は、遠く線路の上に移動していた。

線路の先、緑の木々の隙間から列車が見えた。列車の顔が見えてからずいぶん時間をかけて濃紺と白の一両立ての列車がホームに滑り込んで止まった。車両に乗り込むと乗客は一人も乗っていなかった。

私は車両の真ん中あたりのシートに腰を掛けた。一両貸し切り状態で贅沢な気分だが、これでは三時間に一本でも経営は厳しいだろうと心配になる。廃線にならないでほしいと願うが、古里を捨てた人間が心配することじゃない、と父の声が聞こえてきそうだ。

運転手の「よーし」という声が大きく聞こえる。「よーし」の前に何か言っているのだが、何と言っているのか、聞き取れない。ガシャリと重たい音を響かせてドアが閉まった。「……よーし」と、叫び声のような運転手の確認号令が終わると、列車はディーゼル機関車独特の音を立ててゆっくり動き始めた。

運転手と私のほかは誰もいない車内で、シートの上のつり革が並んで揺れている。

窓からの風景は真っ平らな田んぼと点在する民家、遠くの山並みばかりだ。ずいぶんゆっくり走っているようだが時速は何キロぐらいだろうかと考えていると、列車は次の駅に止まった。

ドアが開いたが、ホームに待っている乗客はいない。運転手の「よーし」の大声ばかりが車内やホーム、人けのない駅舎まで届くほど響き渡った。


順一とは小学校に入学してから三年生まで同じクラスだった。四年生になってクラスが違ってほっとしたが、順一の存在は、私にとっては消えてほしいシミのようなものだった。学校の廊下や町の路上でバッタリ出会いそうになると逃げるように避けた。順一の方はまるでからかうように私の周りに現れては声を掛けた。

小学二年生の運動会のことだった。参観した父が、買ったばかりのカメラで膨大な量の写真を撮った。

「うちらのときは、こんなにたくさん写真なんて撮ってもらってないよね」

と、言いながら姉二人は奪い合うように、プリントされた写真を眺めている。姉たちとは年が離れていて、上の姉とは八歳、下の姉とは六歳、私が小学校に上がった時には、姉たちはもう中学生になっていた。

縁側の陽だまりには、姉たちと祖母に母、叔母もいる。

写真を十枚ほど受け取っては、「ばあちゃん、運動会に黒の羽織なんかでオーバーやなー」とか、「大輔は走るのが苦手やね。ビリから二番目やないの」などと感想を言っては、隣の誰かに回していた。

その一枚を眺めていた叔母が、

「大輔ちゃん、これ、遠くを見てる横顔がかっこいいよ。ちょっと寂しそうな影があって、大人になったらハンサムになるで」

と言って私に見せた。白の体育帽子を被った少年の横顔が大きく写っている。

「叔母ちゃん。これ、僕やないよ。これは、順一君」

「どれどれ?」

と、下の姉が写真を取り上げて、

「うん、これは大輔やないね。大輔はこれ、ほら赤い帽子やけん」

と言った。

「ええー、本当に? 大輔ちゃんとそっくりやね。こんなに似てる他人ているんやね」

と叔母が言った。

「順一君は一年の時から同じクラスで、先生も、兄弟みたいやねって、びっくりしよんなさった」

と私が言った。

「本当によう似とるなー。そやけど、兄さん、何でこの子の写真を撮ったんやろうなー、まさか、自分の子供と間違えたんかなー」

と、叔母だけが写真を手にしたまま冗談を言って賑やかに笑っていた。

母も祖母も黙ってしまって、陽だまりの縁側がやけに静かになった。

列車はいつの間にか雑木林の中を走っていた。木々の枝が線路に覆い被さっているのか、枝葉が窓ガラスを叩いていく。椎の木やハゼの木に交じって、あちこちにシュロの木が扇のように葉を広げている。

森の中の駅は、ホームのアスファルトが苔で青くなっている。ここは何という駅だったか、と窓に視線を向けるが駅名の看板は見えなかった。

運転手のドラのような声を合図に列車は動き始めた。気が付くと初めて乗客が乗り込んでいて、私の真向かいに親子連れと思われる三人が坐った。これからどこか旅に出るのだろうか、男は大きなスーツケースを持ち、少年は背にリュックサックを担いでいる。

小学一、二年生くらいの少年は、シートに坐り込んで窓ガラスにぴったり額を付けて窓の外を見ている。父親らしき男も母親らしき女も、下を向いたまま子供に声をかけることもなく、静かに坐っている。

じろじろ見ては失礼だと思いながらも、そのやけに静かな三人が気になった。

男は少し形崩れのしたパナマ帽を深く被り、古いデザインながらも仕立てのよさそうな麻のスーツを着ていた。女のほうは花柄の綿のワンピースを着て、ウエストを共縫いのベルトで結んでいる。耳のあたりまで伸びた髪はずいぶん大きなウェーブがかかっている。素足にサンダルで、立てた日傘の柄を両手で握りしめていた。どこか昭和の懐かしい風景のように見える。彼女は時折少年に声を掛けているが、何と言っているかは聞こえない。

これから旅に出る家族にしては、晴れやかな楽しさが感じられない。むしろ寂しさが漂っているようだ。何か訳があるのだろうか。彼らはこの地を離れる決心をしてこの列車に乗り込んだのかもしれない、と勝手な想像を膨らませる。


皆で運動会の写真を見ていた日から、しばらく経った頃だった。

父と母の言い争う声が夜中に聞こえてきた。

「うちがなんちゃ知らんと思いよるかな」

母の押し殺した声に怒りがこもっている。

「つまらんことを言うな」

「若い頃、良枝さんとあんたは一緒になるもんやとばっかり思っておったと言うて来た人がおんなさった。好いた者同士やったら結婚したらよかったやないの。なんでうちと見合いしたん」

「世間には、人がもめ事起こすのを面白がる人間もおる。そがいな者の言うこと気にしてどがいする」

「うちが嫁に来た時、良枝さんのほうから近づいてきた。知らん土地で大変やね、言うて。友達ができたと思うて仲ようしてた。寝たっきりの旦那さんの世話で良枝さんも苦労が多いやろう思うて、できるだけ力になりたいと思うておった。あの子、誰の子なん」

そんな会話を耳にしたあとも、良枝さんは頻繁に我が家に来ていた。学校から戻ると母と二人で婦人雑誌か何かを眺めて楽しそうにお茶を飲んでいることもあったし、何を思ったのか二人して美容院で同じ髪形にして戻ってきたこともあった。母は良枝さんのことを嫌っていると思っていたが、そんな素振りは少しも見せなかった。

時々、家族の寝静まった夜中に母の声が聞こえることがあった。私の部屋は父と母の寝床と襖ひとつ隔てただけだったから、母の声でよく目が覚めた。母は何度も同じことを繰り返してささやくように父を責めていた。父は黙ったまま、ただ聞いているだけのようだった。そんな母だが、昼間は穏やかに祖母や隣近所の人たちと会話を交わしていて、私はその変身ぶりに戸惑った。そのうちそれを普通のこととして受け入れるようになったが、母の深い心のうちまでは分からなかった。

たまに父のいる夜など良枝さんが野菜のお裾分けだと言って、うちにやって来ることもあった。

無口で冗談も言わないような父が、良枝さんがいるとつまらない駄じゃれなど言って笑っていて、人前だと饒舌になる父が不思議だった。

いつだったか、そんなことを無邪気に聞ける年頃だから小学校の三、四年くらいだ。上の姉に聞いたことがある。

「姉ちゃん、僕と順一君は兄弟なのかな」

「あほか、ちょっと顔が似てるくらいでいちいち兄弟になってどうすんの。世の中には三人くらいは自分とそっくりな人がおるらしいよ。母ちゃんにそんなこと言うたらいけんよ」

「僕、順一君嫌いやもん」

「順一君になんぞ意地悪でもされたんか？　ケンカでもしたんか？」

「いや、意地悪はないけんど……。兄弟みたいやって言われるの嫌やもん」

「大輔と順一君は何も関係ないよ。そんなことで人を嫌いになったらいけんよ」

「そやけど、姉ちゃん、もし、父ちゃんが順一君の父ちゃんやったら、僕らはどうなるの」

「父ちゃんはうちらの父ちゃんよ。おかしなこと言うたらいけんよ」

中学生になった頃には、兄弟のようだ、と言われることにも慣れて、あまり気にならなくなった。高校は別の学校に進んで、顔を合わすこともめったになくなった。その頃には不思議とそれぞれの特徴が際立って、私と順一を似ていると言う人もいなくなった。

父が危篤だと知らせを受けて病院に駆けつけた時、私は聞いておきたいと思った。本当はどうだったのか、自分と順一は兄弟といえる関係なのかと。

息をするのも苦しげな父の姿を前に聞く機会は逸した。四十九日の法事で姉たちに会った時、本当のところはどうだったのか、と聞いてみたが姉たちも分からない、もうどうでもいいことだと言った。姉たちにとってはもうどうでもいいことかもしれなかったが、私はこんな年になってもまだそのことに縛られていた。知ってどうするというのではないが、何かの調子にふっと思い出した。思い出すと、ざわざわと気持ちが落ち着かなかった。

私たち家族は、どこかいびつな形の不安定な家、海に突き出た崖っぷちにかろうじて立っている家の中で暮らしているような気がしていた。

向かいに坐っている三人連れは、相変わらず会話も交わさない。

男も女も深くうつむいていて顔がはっきりしないが、男は若い頃の父に、女は良枝さんに似ているように見える。そうなると、後ろ姿の少年の顔が気になった。こちらを向かないものかと観察するが、少年は窓の外を眺めたままだ。席を立って向こう側に坐ってみようかと思うのだが、わざわざ席を移動する理由がない。

乗客四人と運転手一名のまま一両編成の列車は走り続けている。

列車がトンネルに入った。暗い穴の中を列車が走る。トンネルを抜けると海が見えた。山の隙間から瀬戸内の海が光っている。ほんの一瞬だが、この海が見えると終着駅はすぐだ。

私は降りる準備を装って立ち上がると向かいの席に近づいた。ドアの前に立って、窓を見ている少年の横顔を盗み見る。

父と良枝さんと順一は、どこかに旅立つためにこんなふうに列車に乗ったことがあったのではないか。子供の頃、そんな情景を想像したことが何度もあったと記憶をたどる。あの運動会の写真のような順一の横顔がそこにあるのではないか。私はその少年から目が離せないでいる。

私の強い視線に気付いたのか、少年がこちらに顔を向けた。丸顔の幼い瞳が、私を見た。順一ではなかった。

少年は戸惑ったように私から視線をそらすと、私の胸のシミをじっと見ている。乾いたトマトのシミは、血の跡のように不気味に見えているのかもしれない。少年は私と胸のシミを何かを確かめるように見つめている。母親にせかされて少年は、我に返ったように座席から飛び降りた。私もまた、夢から覚めたように少年から目をそらした。

順一の栽培したブラック・チェリーというトマトの匂いが、微かに鼻に残っている。「わしは大ちゃんの三カ月だけ年上のあんちゃんよ」と言った順一の、明るい大きな声が甦る。もうこの場所に戻ることもないだろうと思っていたが、戻って来よう。秋の彼岸の頃にでも戻ってみよう。その時は、酒でも飲もうやと言った順一のために、とびっきりうまい酒でも提げて、あのビニールハウスを訪ねてみるのだ。墓参りに戻った、ついでに寄ってみたのだ、と順一への言い訳も考えている。

三人連れが改札に向かう後ろ姿を目で追いながら、私もホームに降り立った。

太陽はすっかり山に隠れているが、プラットホームは、日中の熱を忘れさせるものかと、まるで強い意志を持って向かってくるように、今も熱気を立ち上げている。

白いワイシャツに付いたトマトのシミが気になって上着を着込みボタンを留めたが、赤いシミは隠せなかった。

どこかで着替える時間はなさそうだ。隣の乗り換えホームでは、発車ベルが鳴り響いている。私は慌ててホームに向かって走った。

高月山

「今年の暑さはまっこと半端じゃないのー」

「雨も降らんけん、野菜が枯れちしもうち、いけんちゃ」

待合室で聞こえてきた年寄りたちの方言が心地よくて、私はじっと耳を傾けた。

受付の隣に売店がある。置かれている商品は変わったはずだが、ここも昔のままの佇まいだ。あの頃、強烈に漂っていたクレゾールの匂いはもうどこにもなかったが、正面入り口のソテツの木も、待合室の窓の位置もそこから見える風景も、何もかもがそのままそこにあって、やっと戻ってきたと何度も胸の内で繰り返す。

「パパ、すごくレトロな病院ね。ほんとにここで大丈夫なの。今からだって松山の大学病院に変えることだってできるよ」

耳元で長女がささやく。

「いいかげん諦めろ」

そう言うと長女は、クスッと笑った。

入院の手続きを済ませた次女が戻ってきた。

「お部屋は三階ですって。窓際のベッドだって、ラッキーだったわね」

「そうか、三階の窓際か。窓から高月山が見えるはずだ。ラッキーだな」

二人の娘が車イスを押してくれてエレベータに乗り込み三階に到着。そうだったこの廊下もこんな感じだった、と思考はまるで子供の頃のようで、思うように動かない身体がはしゃいでいるようだった。ナースセンターの角を曲がり廊下を進む。ネームプレートに村上敬吾と書かれた部屋を見つける。私を含め三人の名前があった。

病室に入って指定されたベッドに向かうと、大きな窓から真夏の空を背に高月山を囲む山並みがくっきりと姿を見せていた。

小さな抽き出しにわずかな着替えなどを仕舞うと、娘たちは手持ち無沙汰のようだ。

「ここに居てもすることもないぞ。ホテルに戻ってうまいものでも食って来い。温泉もいいぞ。真治君のところに挨拶に行ったら、彼に聞いて温泉にでも行って来い」

私の提案に娘たちは、ほっとした様子で、また明日、顔を見せると言って出て行った。

私は持参したパジャマに着替えてすぐに横になった。ベッドをぐるりと囲む白いカーテンは、開けたままにしておいた。

この部屋には、五つのベッドが置かれていて、入り口に近い二つのベッドが空いている。

私の向かいのベッドの井川という男は四十歳前後に見える。「よろしく」と挨拶すると、昔からの知り合いにでも会ったような親しげな笑顔を見せてくれた。頭に薄いニット帽を被っているところを見ると、強い抗がん剤を投与しているのかもしれない。私の隣の男は、かなりの年配のようで、こちらもカーテンを開け放した状態だが、眠っているようなので声はかけなかった。

担当医がやってきた。驚くほど若い。

「村上さん、調子はいかがですか？　長旅お疲れじゃないですか？　お体の状況やお薬の内容は、いただいた紹介状と資料で了解しました。何か気になることはないですか？　何でもおっしゃってくださいね。食欲はどうですか？　しっかり食べて、一緒に頑張っていきましょう」

担当医の額はつやつやと光っているようだ。食欲とか、しっかり食べろとか言っても、流動食がやっと通っているこの身体で、枯れ果てて朽ちるだけの自分は、この若者と何を頑張るというのだろうか。「はい、よろしくお願いします」と言うのが精一杯だった。

昨年の秋、私は肝臓ガンの手術をした。ステージ４、すでに末期状態だった。七十キロ近くあった体重は五十キロを切った。

妻の亜紀子には十年前に先立たれた。二人の娘はそれぞれ嫁いで家庭を持っている。三十数年間の結婚生活は穏やかに全うしたと思っている。六十五歳で退職した省庁での公務も、自分なりに最善を尽くしたと思っている。あとは、自分の命が尽きるまで、自分に付き合うだけのことだった。死はすぐそこに来ているのだが、どこか現実味のない遠い約束事のように思えた。

日毎に体力が落ちていった。一人暮らしを心配する娘たちのすすめるまま、私は都内の大学病院に入院し、たいして効果のない治療を続けていた。

病室の窓からは、新宿御苑の緑の向こうに高層ビルが見える。晴れた日には富士山を見ることもできる。真夜中に目が覚めて窓の外を眺めると、都心の道路は途切れることなく車のヘッドライトが流れている。時間は規則正しく進み、人々は忙しげに動き回っている。

テーブルの上には、娘が持って来た古い映画のＤＶＤが積まれたままになっている。自分で用意した文庫本も、どれ一つページを開いてはいない。

設備の整った清潔な個室、担当医も看護師も信頼できる。娘や孫たちは頻繁に顔を見せてくれる。ここで最期の時を過ごすことは恵まれているといえる。だがここではない。富士山も高層ビルも新宿御苑も存在しない遠い西の彼方を想った。

建物を囲むのは、山々と田畑と川と小さな駅を中心に広がる寂しい町並。粗末なカーテンで仕切られただけの並んだベッド。待合室のどんよりとした空気とクレゾールの匂い。帰りたいと切望している場所だ。

二人の娘は、私の提案に呆れた。

「突然、愛媛の高月病院に転院したいなんて、パパの今の体調で、そんな移動は無理よ」

「高月病院、電話してみたけど個室もないんですって。ネットで調べたけどすごく古そうな病院よ。第一、そんなに遠くなったら私たちお見舞いにだってそう頻繁には行けないわよ」

と、娘たちは強く反対したが、私の決心は変わらなかった。どうして高月病院なのだと娘たちは詰め寄った。

「おふくろが死んだ、あの病院で死にたいんだ」

二人の娘は顔を見合わせて絶句した。

娘たちは子供が休みになったら一緒にお見舞いに来る、本当に帰ってしまって大丈夫か、と何度も念を押して帰って行った。娘たちが去ってしまうと、むしろ気が楽になった。戻りたかった場所に戻ってきた実感に浸って身体を伸ばす。ベッドに横になって窓の外を眺める。ただ青い空と雲だけが見える。何という鳥か分からないが、雀よりも大きな鳥が、かなりのスピードで窓を横切った。

夕方になると甥の真治が顔を見せてくれた。私の父が始めた野菜農家を今はその孫の真治が受け継いでいる。代が替わり、長兄もいない今、実家という認識は薄く、甥に世話をかける訳にはいかないから知らせなくてもいいと言ったが、「こんな近くに来てるのに知らせないなんて、むしろ失礼よ」と、娘たちが伝えた。

「おっちゃん、お久しぶりです。具合はどうですか」

真治はベッドの横に折りたたみの椅子を開いて、どかっと腰を下ろす。節くれだった指で白いものが目立ち始めた髪の毛をかきあげる。笑うと目尻に浮かぶ深い皺が、真治を五十過ぎという実際の年齢より、少しばかり老けて見せている。

「おおー、真治君。世話かけるね。私のわがままだが、どうしてもここに帰りたくてね」

「よう戻ってこられました」

と言ってから真治は、顔を近づけて囁いた。

「それにしても、おっちゃん、ここでよかったですかの？　町には大きな病院もできとります。あっちのほうが評判いいみたいですよ」

「ありがとう。でも、ここがいいんだよ。ここに戻ってきたかったんだよ」

私も小声で答えると、真治は納得したように大きく頷いた。

「ここやったら、いつでも顔出せますもんね」

「無理しなくていいぞ。夕方には、野菜の水やりなどで忙しいだろう。野菜は、今は何が穫れるのかな」

「今朝から路地トマトが熟れてきよります」

「そうか、トマトは熟れ始めると早いからな。尻のあたりがちょっとだけ色づいてきたと思ったら、畑をひと回りして戻ってみると、もう半分ほど赤くなっておるもんね」

「おっちゃん、それはちぃとオーバーで」

もうすっかり都会の人じゃと思っておったに、おっちゃんも農家の倅じゃったですね、と言って真治は病室もはばからず声高く笑った。私も久しぶりに声をあげて笑った。

そんな会話で小一時間ほど過ごし、真治が帰っていくと長い夜が始まる。

足音を忍ばせたスリッパの音、声をひそめた話し声、咳き込む音、ドアの閉まる音、水の流れる音、音が夜の病棟を漂っているかのように、終わることなく聞こえ続けている。そして、夜と朝の狭間に、短い静寂が訪れたかと思うと、窓のカーテンが明るく陽に照らされ、鳥の声が聞こえ、廊下を行き交う看護師の快活な足音が高く響いて、一日が始まる。

私は起き上がって窓からの景色を眺める。川から立ち上った靄で、あたり一面が白くかすみ、山の頂きだけが墨絵のように姿を現している。そして、少しずつ靄が薄れると、容赦のない夏の日差しが、田畑とそのあい間を流れる川面に注がれる。子供の頃ずっと見続けた風景だ。

井川というニット帽の男は、骨髄腫だと言った。深刻な病のようだが明るい男だった。

私が、自分はこの土地のものだが東京で長く暮らしていたのだと言うと、井川は隣の老人に、たぶん耳が遠くなっているのだろう、大きな声で、

「おっちゃん、村上さんはなあー、こっちの人じゃったんと。東京から戻ってきなったと。

長いこと遠いところで、苦労されたんじゃろうなー」

と、話しかけた。

長くこの土地を離れていたと言っただけで、苦労したのだろう、と井川は爽やかに労《ねぎら》いの言葉を掛けてくれた。井川の言葉に、隣の老人は、顔を少しだけ横に向けて私をじっと見つめた。眼差しの中に慰めのような色を見せて、首をゆっくり縦に二回振った。井川の労いと老人の慰めに、ここに戻ったことを許されたようで熱いものが込み上げてきた。


太鼓の音が微かに聞こえている。今日は夏祭りで、役場の広場では和太鼓や盆踊りもあるのだと井川が教えてくれた。その井川は祭りのために一時帰宅している。隣の老人は時々高いいびきを立てて眠っている。

私は、目を閉じる。

暗い田んぼ道の先、神社の参道が提灯の光で浮き上がっている。参道を飛び跳ねるように歩いている兄や姉の姿も見える。浴衣姿の母が行き交う人と言葉を交わしている。石段を登って鳥居をくぐると、提灯に囲まれて一段と明るい境内には、青々とした茅を束ねて作られた大きな輪が立ててあるのが見える。輪の上には注連縄が張られている。母に手を引かれて、その輪を抜ける。一度抜けると左に回ってもう一度輪をくぐる。今度は右に向かって八の字に回って輪をくぐると、また左に回って輪を抜けてからお社に向かって進む。輪の先には水を張った大きなタライが見える。タライの横には宮司が坐っていて、輪を抜けた人に紙片を渡している。母と私も宮司から、ヒトガタの判の押されたカルタほどのお札《ふだ》を受け取る。

「このお札でこうしてよーく撫でてね、体の中の悪いところは、お札に全部引き受けてもろうて捨ててもらうんよ」

そう言いながら、母は頭から腹、足の先まで体中をさすったお札をタライの水に浮かべた。私も母を真似て、頭や腹を撫で、お札を水に放つ。ヒトガタの描かれた薄紙は、一瞬に水を吸ってタライの底に沈んでいく。何体もの人の形が、好き勝手な方向を向いて水の中で重なっている。こんなにたくさんの人の悪いところが全部この水の中に溶けているのだろうか、とじっとタライの水を見つめた。タライが底のないほど深いものに見えて、思わず母の浴衣の袖を握りしめた。


いつの間にか眠ってしまったようで、目を覚ますと、真治が浴衣姿で車イスを持って立っていた。

「おっちゃん、今日は祭りで。これに乗ってやんない。祭り見物よ」

「おっちゃんはいいよ。真治君も家族と祭りを楽しんでくればいいよ」

と言ったが、遠慮しなくていいのだ、子どもたちはもう親と祭りに行くほど可愛い歳でもないと笑っている。

真治の押す車イスで病院の外に出た。久しぶりに触れた外気に、私は「ああー、いい気持ちだ」と思わず声をあげた。玄関前の大きなソテツの木は、半世紀以上経っても朽ちることなく、ますます勢いよく葉を繁らせている。

役場への通りには提灯が連なっていて、広場には人が溢れていた。町の人口はどんどん減っていると聞いていたが、こんなに人がいたのかと驚かされる。盆踊りの櫓には造花と電飾で飾り付けられ紅白の垂れ幕が下がり、横に設置された舞台では数人の若者が観衆に背を向けて和太鼓を叩いている。引き締まった裸の背中や肩、腕の筋肉、はち切れるような肌は汗で濡れている。舞台の前では、少年少女たちが、ヒップホップダンスのような振りで踊っている。祭りもずいぶん変わったものだと、その熱い風景を眺める。

真治はベンチの横に車イスを止めた。和太鼓が終わって花火が始まった。真治が屋台からビールを買ってきて、「おっちゃん、今日は祭りじゃけん特別よ」と紙コップに注いで私にすすめた。私はコップ半分ほどのビールを喉に流し込んだ。久しぶりのビールだ。

「真治君、こんなうまいビールは久しぶりだよ」

「そりゃあ良かったです」

そう言って真治は自分も一気に缶のままビールを飲み干す。

「ほんとに世話かけるね。すまないね」

「おっちゃん、気にせんとってよ。わし、若い頃、おっちゃんみたいに東京の大学出て東京で仕事して、東京で暮らしてみたいと思いよりました。いうたら憧れておった、ちゅうことですよ。おやじも、おっちゃんのこと、自慢やったです」

「おっちゃんは、真治君に憧れてもらえるような男でも、兄貴が自慢できるような人間でもないんだよ。本当にそうじゃないんだよ」

「そんなことないですよ。このあたりで、東京の国立大学を一発で合格して官僚になったような男は、そうはおらんですよ。おっちゃんの結婚式、新婦側の主賓は政治家の偉い先生で東京の大きなホテルで大勢の招待客を招いて、そりゃあ、りっぱなものじゃった、というのもおやじの自慢のひとつでしたもんね」

当時、私には学生の頃から付き合っていた今日子がいた。いつか愛媛に連れて行くよ、父や兄に会って欲しい、そんな話をしていた。大学四年の初め、今日子は妊娠した。今は諦めてくれ、卒業して先行きに目処がついたらという私の説得を、泣きながら今日子は受け入れた。それなのに、卒業して五年ほど経った頃、「僕の遠縁の娘だが会ってみないか、それとも君、もう決めた人でもいるのかな」と審議官から縁談を打診された時は、「いえ、付き合っている女性はいません」と即答して、どうやって今日子に別れ話を持ち出そうかと考えをめぐらせた。なぜだ、と詰め寄る今日子に、気持ちは変わらない、ただ今は仕事に打ち込みたいから二人の間に少し距離をおいてみたいだけだ、と私はそんな言い訳ばかりを繰り返して結局、今日子と別れた。

無邪気に笑い合っていた頃の今日子を思い出した。一度思い出すと、今日子の声や姿が頭から消えなかった。今日子は若い頃のまま、時間は止まったままだ。

ガンの末期症状のはずだが、痛みの苦しみがほとんどないのが不思議だった。痛み止めの薬の量が増えているようで、そのせいか、このところ頭の芯がぼんやりしている。

男がモップを抱えて病室に入ってきた。床を清掃している男の顔をじっと見た。どこかで会ったことのある男のようだと思ったが、すぐには思い出せなかった。カーテンを広く開けて男の動きと横顔を注視する。藤岡にそっくりだった。いや、藤岡にちがいないと、私は声を掛けた。

「君、藤岡君じゃないか」

私のかすれた声は藤岡に届かなかったようで、藤岡は私の声に何の反応も見せず、床にモップを滑らせている。

「君、いつからこの病院に勤めていたんだ。まさか、こんなところまで私を追いかけて、私の最期を見届けようとしているのか。私がどんなふうに死んでいくのか、それを見て楽しんでいるのか。君、だまってないで何とか言ったらどうだ、藤岡君」

何やら自分に言っていると気付いた清掃員の藤岡は、手を止めると、ベッド上のネームプレートを確認して言った。

「村上敬吾さんですか。どうかされましたか。大丈夫ですか」

「藤岡君、久し振りじゃないか。こんなところで会うとは思ってもいなかったよ」

「いえ、村上さん、僕は藤岡ではないです。似てますか、その人に」

男は首にぶら下げたスタッフ証を持ち上げて、私に示して言った。

「水野といいます。カーテン締めますか」

水野と名乗った清掃員はカーテンを締めた。私は納得できずカーテンの隙間から男をじっと見て観察した。男は床をモップでなぞりながらニャッと笑った。やっぱり藤岡に違いない。私を見て嗤っているんだ。私は一気にカーテンを開けて言った。

「藤岡君、今、笑ったよね。何が可笑しいんだ」

「笑ったりなんてしてませんよ。村上さん、落ち着いて。看護師を呼びますか」

「いや、いい。すまなかった」

清掃員は気味悪そうに何度か振り返ってから部屋を出て行った。

そうだ、藤岡がここにいるはずはなかった。


「検察が私に話を聞きたいといってきました。もちろん、任意とのことです。いかがいたしましょう」

「検察の要請なら仕方ないでしょう。行ってください。ただ、誤解や間違いがないよう、くれぐれも慎重な対応をお願いします」

「はい、承知しております」

藤岡は九時前に出勤すると「これから行ってまいります」と私に挨拶をしてから、通りを挟んだ検察庁に出向く。昼になると一時間の休憩が与えられ、省に戻って昼食をとってから、また取り調べを受ける。最終電車に間に合うタイミングで深夜になって解放される。任意というのは名ばかりだった。

深夜の十一時三十分、自宅の電話が鳴る。私は電話口で待っていて、コールが二回鳴ったところで、手を伸ばす。

「村上です」

「もしもし、藤岡です。ただいま省内に戻ってまいりました。これから帰宅いたします」

私への報告はこれだけだった。特別なことがなければ連絡は不要だと言う私の言葉を無視するように、八日目、九日目、と藤岡の報告は毎晩同じ時刻に同じ内容で続いた。そして十日目で調査が終わった。東南アジアに強いパイプを持つ政治家の贈収賄の捜査が前に進まず、検察は担当省の係長だった藤岡に目を付けた。藤岡次第で落とせると踏んだ検察の勇み足だった。省高官の名前や政策局がマスコミを騒がせることはなく、事件は収束した。藤岡は私の期待どおりの役割を果たした。しばらくして、部下の誰かが私に伝えた。

「藤岡は相当やられたようです。人間扱いされなかったと同僚に嘆いていたようです。やつら、犯罪者扱いでズタズタにするの得意ですからね。特に藤岡のような優等生のぼっちゃんにはきついですよ」

それから半年ほど経って、藤岡は退職を願い出た。私が提案した非営利団体のポストには興味を示さないまま、藤岡の退職は受理された。そして、その数年後、風の噂のように藤岡が大塚駅のホームから電車に飛び込んだと聞かされた。新しい職場で何があったのか、関係者に尋ねてみたが明確な情報は得られなかった。ただ、事故の直前、一緒にいたという同僚からの言葉だけは、はっきりしたものだった。

「彼は僕に『お先に』と言って、まるでちょっとそこまで出かけるような感じで、ひょいとホームから線路に降りたんです」


夜中に電話の音を聞く。受話器を取ると、藤岡の声が聞こえる。藤岡の声はずいぶん若く明るい。「何だ、藤岡君、元気そうじゃないか、どこにいるんだ」と私は声を弾ませる。目を覚ますと、白いカーテンに囲まれた病院のベッドの上で、現実に暗く押し包まれる。そんな夜が何度も続いた。

病室からトイレまでの数メートルを歩くにも時間がかかる。前に進む一歩の足を動かすのに、何分も立ち止まって待たなければならないほど、私の体力は落ちている。

トイレを済ませて廊下の長椅子に坐って休んでいた。エレベーターのドアが見える。屋上からの風景を想像する。上がってみたい、屋上から高月山を見てみたいと思うが、一人では自信がなかった。

廊下を歩いていた若い女性が横に坐った。女は笑顔を見せながら私に話かける。

「こちらに入院されているのですか?」

パジャマ姿だ、入院患者以外に考えられないだろう、と私は女に顔を向ける。見覚えのある顔だ。

「そうです。あなたは、どなたかのお見舞いですか?」

「ええ、知人の」

「そうですか。お知り合いのお加減はいかかでしたか?」

「ええー、ずいぶん悪いようで、もう時間の問題みたいです」

心配をしているというより、むしろ面白がっているようにみえる。おかしな女だ。

「ところで、屋上にはもう行かれましたか?」

「いいえ、何かあるんですか?」

「三百六十度山に囲まれて、それはいい眺めですよ。私も行ってみたいのですが、足腰に自信がなくてね」

「よかったらご一緒しましょうか」

「まさか、そんなご親切に甘えるわけには…」

「いいえ、ご遠慮なく、どうぞ」

そう言うと、女は立ち上がって、自分の腕を杖代わりにと差し出した。

私は女の腕を借りて立ち上がり、エレベーターで屋上階に着いた。私は女に支えられて屋上に出ることができた。出た途端に風が吹き抜けて、強い日差しにさらされた。青く重なる山々に、ぐるりと囲まれる。私は手すりに手を掛けて、大きく深呼吸をする。

「あの山も、そっちの山も、懐かしい昔のままの姿です」

「本当に素敵ですね。あの一番高い山には、名前があるのですか？」

「もちろんです。高月山といいます。あの山頂まで登れば、九州が見えますよ。あなたは、この土地の方ではないのですね」

「ええ、四国は初めてなんです。ずっと昔、友人から何度も聞かされていました。いいところですね」

額に汗が吹き出る。手すりを掴んでいる指が痺れてきた。

「暑いですね、そろそろ戻りましょうか」

と、女の声が聞こえる。この声には聞き覚えがある。やっぱりそうだ。今日子だ。今日子に違いない。

私は今日子に背中を向けたまま言った。

「二人で話し合って出した結論だったはずだ」

「何の話かしら」

「一方的だったわけじゃない。君だって納得したはずだ」

「何を今さら、つまらない言い訳してるのよ」

「君はこんなところにまで私を追いかけてきて何が目的だ。ここに来たのは、私から謝罪の言葉でも聞きたいのか」

「相変わらず、自分勝手な人。ここに戻ってきたことで、何もかも赦されると思ったら大きな間違いだから。死んでも消えないから」

今日子の声は怒りで震えている。

「ばかな、そんなこと考えちゃいない、私は赦しを乞うためにここに戻ってきたんじゃない」

「いいえ、赦されたいのよ。すべての罪穢れを無かったものにして死にたいと思っているのよ。都合のいいこと考えるんじゃないわよ」

今日子が叫んでいる。

「違う、そうじゃない。赦されなくていいんだ。私はここに戻りたかっただけなんだ」

振り向くと今日子は消えていた。

干された洗濯物が、パタパタとはためいている。私は吹き出た汗が首筋から背中に流れていくのを感じながら、灼けつくコンクリートの上にしゃがみ込んだ。

どうやって屋上から戻ったのか、覚えがなかった。気がつくとベッドの上で横になっていた。

「村上さん、大丈夫ですか？」

見覚えのある看護師の顔があった。

「一人で屋上に行くのは止めましょうね。屋上で動けなくなっておられたんですよ。洗濯物を取り込みに行った方が見つけてくださって、よかったですね」

次ぎの日から私は、何度か廊下に出てエレベーターの見えるあの長椅子に坐ってみる。ずっと待ってはいるが、あれから一度も今日子は現れない。部屋に戻って窓の下を見ると、ランドセルを担いだ子供が、ソテツの横を走り抜けて行くのが見えた。あれは私じゃないか、そうだあの頃の私だ。私は窓の外の自分の姿を追いかける。

「敬吾、明日から母ちゃんは高月病院に入院することになったけんね。兄ちゃんや姉ちゃんの言うことをきいて、ええ子でおらないけんよ。そんな顔せんと。小学生にもなって、甘えたでいけんね。簡単な盲腸の手術やがね」

翌日、学校から戻ると母の姿はなかった。

「兄ちゃん、母ちゃんは？」

「母ちゃんは高月病院じゃ。今日は手術したばっかりじゃけん、明日、学校が終わったら、お見舞いに行って来い。小学校から歩いて十五分ほどじゃ。汽車の駅まで行ったら駅員さんにでも聞いたらええ。母ちゃんも喜ぶぞ」

翌日の放課後、私は校門を出ると家とは反対方向の汽車の駅に向かった。駅の切符売り場を覗いて駅員さんに言った。

「高月病院は、どう行ったらええですか」

「その前の道を右に行ったら役場が見えるけん、役場の前を左に曲がったらすぐじゃ」

私は役場に向かって走った。言われたとおり、役場から病院が見えた。三階建てのりっぱな建物だった。病院の正面にはキラキラ光る石の花壇があって、大きなソテツの木があった。ガラスのドアを押して中に入った途端、消毒のような匂いがした。待合室をうろうろしていると、白い服に白い靴下をはいた看護婦さんが声を掛けてくれた。

「ボク、誰かを探しておるの?」

「母ちゃんが入院しとります。お見舞いです」

「一人で偉いね」

看護婦さんは、あの階段から三階に行って、そこでこんな白い服の人がいるから、お母さんの名前を言って聞いてごらん、と教えてくれた。三階に上がると、看護婦さんたちのいる部屋があったので、母の名前を言った。

教えられた部屋は、長い廊下の先だった。廊下にも強い消毒液の匂いがしている。たくさんの名前の中から『村上津也子』を見つけた。ドアをそっと開けて中に入った。部屋には白いパイプのベッドが左右に三つずつ並んでいた。眠っている人の顔をそっと覗きながら、母をさがした。

母は窓際のベッドに寝ていた。お腹のあたりの布団が山のように丸く膨らんでいる。白い布団に白い枕で、病院の匂いの中で目を閉じている母は、私の知らない人のように見えた。すぐによくなって戻ってくる、と父は言ったが、母が手の届かないほど遠くにいるようで、私は急に不安になって泣きながら声を掛けた。

「母ちゃん」

母が目を開けた。

「敬吾、どうしたの？　何を泣きよるの」

「母ちゃん、一緒に帰ろう」

「おかしな子じゃね。このあいだ言うたやろう。母ちゃんは、お腹を切って悪いところを取ったの。一週間ほどしたら帰るがね」

母は枕元のタオルを取ると、涙で汚れた私の顔を拭いた。

「敬吾、兄ちゃんは一緒じゃないのか」

「僕、一人で来た」

「一人でここまで、偉かったね」

「母ちゃん、お腹切った時、痛かった」

「ちっとも痛とうなかったよ。眠っておる間に終わったんよ。敬吾、その引き出しに母ちゃんの財布が入っとるから、ちょっと取って」

私はベッドの横の小さなテーブルの引き出しを開けて、財布を取り出して母に渡した。母は寝たまま、財布の中から百円札を出して私の手に握らせた。

「一階の待合室のところに、売店があるけん、何でも好きなお菓子を買うてきなはい」

十円ちょうだいと言っても、なかなかくれない母が気前よく百円もくれた。うれしいはずなのに、私はその百円を持って、すぐに売店に飛んで行くことができなかった。

「なにを遠慮しよるの、早う行っといで」

私は売店に行って、あれこれ迷ってかりんとうを買った。母のいる部屋に戻ってベッドの横に坐り、母におつりを渡して、かりんとうを取り出した。「母ちゃんも」と言って母に差し出した。

「母ちゃんは手術をしたばっかりで、それは食べられんの。敬吾が全部食べてええのんよ」

私は母の横でかりんとうを食べて、学校でどんなことがあったのかと尋ねる母に、算数の問題がすぐに解けて、先生に褒められたことを話した。

遅くならないうちに帰れ、と母に急かされてランドセルを担ぐ。私は次の日も、その次の日も病院に母を訪ねた。

すぐに退院のはずだったが、「もうちょっとだけ、悪いところが見つかったけん、お医者さんに治してもろうてから」と、母は家に戻ってこなかった。

私は毎日、病院の母を訪ねる。家にいる時の母は、畑仕事と家事でいつも動き回っていて、私が母を見つけて話しかけても、なかなか私の方を見てくれない。病院にいる母は、じっと私の話を聞いてくれる。私は早く帰ってほしいと思う一方、母と過ごすこの時間がうれしかった。

私は母のベッドを机代わりにして宿題をする。母は身体を起こして、私を見ている。百点満点のテストを見せると、「敬吾は賢いね」と言って笑っている。

「母ちゃん、僕が百点とったら、うれしい?」

「そりゃあ、うれしいよ。そやけんど、敬吾の一番ええとこはね、敬吾の優しいとこ。母ちゃんはそこが好きなんよ。いつまでも甘えたのとこは困るけんどね」

「僕、いつまでも甘えたじゃないよ」

「おまえは赤ん坊の時から甘えたで、なかなか乳離れができんで、困ったんよ」

「僕、そんなこと覚えとらんよ」

「そうじゃろうね。どうやって乳離れしたか、いうたらね、可笑しいのんよ」

母は何かを思い出して笑っている。

「兄ちゃんや姉ちゃんと相談してね。姉ちゃんが、母ちゃんの乳と乳の間に絵の具で鬼の絵を描いてくれてね。こんな大きな赤鬼の顔」

そう言って母は胸の前で大きな円を描いた。

「あの子は絵が上手やけんね、そりゃあ恐ろしげな鬼が描けたんよ。おまえが乳をほしがって駄々をこねた時、ここに恐い鬼がおるぞ言うて、胸をはだけて見せたのよ。おまえは、そりゃあー、怖がってね。二度と乳を欲しがらんようになったけど、懐に手を当てただけで火が点いたように泣き出してね。あんまり怖がるけん、ちいとやり過ぎたか思うて心配したくらいやった」

私は姉が描いたという母の胸の鬼をいろいろ想像してみたが、どれも恐い鬼にはならなかった。

母は悪いところを治してから帰ると言ったが、悪いところはなかなか治らなかった。

私は画用紙を小さく切って、そこにヒトガタの絵を描いた。丸い顔とヤッコさんのような身体、顔には目と口も描いてみた。

「母ちゃん、これで悪いところをさすって。僕が悪いところを全部、タライの水の中に捨ててくるけん」

「あれまあー、これは敬吾が描いたのか。ご利益ありそうな笑い顔で、ええね」

母は笑顔を見せて、ヒトガタでお腹を何度もさすった。

私は母の悪いところを全部引き受けたはずのヒトガタを握りしめると病院を出て、神社に向かった。神社の大きな銀杏の木が風に揺れてキラキラしていた。そこには茅で作られた輪もなく、水を張ったタライもなかった。宮司さんもいない。

これを水に流して沈めてしまえばいいのだ、と私は川に向かった。土手をつたって川原に下りる。川原の石の上を慎重に渡り、流れに近づいて、私はヒトガタの絵の描かれた紙片を水に放つ。白い紙切れは流れにのってくるくる回っている。笑い顔のヒトガタは、楽しげに踊りながら川面をしばらく漂ったあと、水を含んで川底に消えた。

私の描いたヒトガタは、母の悪いところを引き受けてはくれなかった。

私は、いつものように学校帰りに母を訪ねた。病室に入ると母の姿がなくて、母のいたベッドは布団も枕もなく、白いパイプが剥き出しになっていた。開け放たれた窓から色をなくした山が見えた。振り向いたら父がいた。何か言っているが、よく聞こえなかった。

眠っていたようだ。目を開けると、もうすっかり見慣れた窓枠の空が赤く見える。高月山に沈む夕日を見たいと身体を起こそうとするが、私の身体は石のように硬くピクリとも動きそうになかった。

ご破算で願いましては……

小学五年生の三学期が始まったばかりだった。菜々子は、お化け屋敷とよばれている不気味な空き家に引っ越して来る人がいるらしい、とえっちゃんから聞かされた。

役場がホームページで入居者を募集していたが、何度家賃を下げてもなかなか借り手が見つからなかった、やたら広い古めかしい家だ。

「あのお化け屋敷だけは無理やと思ってたけど、とうとう来たよ。網にかかったみたい」

えっちゃんは悪代官みたいにニタリと笑って言った。

お化け屋敷に住むことになったのは、どこか遠くからやって来た女の人だ。その人は黄色の丸い小さな車を運転して、エンジンの音をパタパタさせて村中を一軒一軒回って、そろばん教室のチラシを配って生徒を募集した。

「その井戸のところに、可愛い黄色い車が止まってね、中から目の覚めるような青色のコートを着た、きれいな女の人が出てきたの。フランス映画のスクリーンから抜け出たみたいやった」

菜々子の家に先生が来た時のことを、母は興奮気味にこう話しながら菜々子にチラシを見せた。

配られたチラシには、そろばんが空飛ぶ絨毯みたいに飛んでいて、そろばんの上に大人の女の人と子どもたちが乗っているイラストが描かれていた。そろばん教室の月謝は、週一回、一時間半で三千円という、びっくりするほどの安さだった。

「菜々子、あんた、そろばん教室に行かせてあげる」

月謝の安さも大いに関係していたようだが、母は恩着せがましく菜々子に言った。

「そろばんは、もう必要ない道具やと思うけどなあ」

「何言うとるの。あんたに足りてない集中力や忍耐力なんかも育つらしいよ。こんなチャンスめったにないよ。この村にもやっとカルチャーがやってきたんやね」

母はそろばん教室がよほどうれしいようで、「あんな素敵な先生にそろばん教えてもらえるなんて、あんた、運がええね」と、つけ加えた。

菜々子は「そんなに言うなら、母ちゃんが習いに行けばいいのに」と、言いそうになったのをぐっとこらえた。母の一方的な決め事に逆らうには、かなりのエネルギーを要するのだ。

菜々子の家族は、父と母、小学二年生の妹の真衣子《まいこ》、三歳の弟の真《しん》、それから離れに、ばあちゃんとじいちゃんが暮らしている。

菜々子の家は何代も続いてきた農家である。無農薬の稲作に加えて、放し飼いで鶏を飼う養鶏農家でもある。

　この村には、コンビニもスーパーもない。あるのは昔からの酒屋が一軒だけ、お酒以外にインスタントラーメンや醤油などの調味料も売っている。

　町まで行けば、大きなスーパーが二軒もあって、役場や警察署、英会話教室や塾もある。それからその町の外れに、菜々子が通っている小学校、その隣に中学校と高校がある。徒歩で四十分ほどの距離だ。中学生になるまでは自転車通学はお預けだ。菜々子は、中学生に負けないくらい自転車を乗りこなせていると自信を持っているが、今は誰かが決めた規則を守るしかない。

　お稽古事の教室など何一つないこの村に、突然、そろばん教室がやってきたのだ。母は興奮するほど喜んでいるが、パソコンやスマホの時代に、そろばんは何の役にも立たないんじゃないか、と菜々子は今ひとつ乗り気になれないでいる。もっとも、菜々子はスマホを持っていない。中学生になったら買ってくれる約束だが、遠過ぎてほとんどＳＦの世界を夢みているようなものだ。

　母がすすめるそろばん教室から逃げられそうにない菜々子は、えっちゃんを誘ってみることにした。

「いまどき、そろばん教室？」

　やっぱり、えっちゃんの反応も同じだった。

「うちの母ちゃん、そろばん教室の先生に会うて、すっかりその気になって。ほら、おしゃれで都会的というか、そんな感じがするみたい」

「そろばん教室と都会的と、なんか関係あるの？」

「関係ないけど、母ちゃん、その先生に憧れたのかも」

「菜々ちゃんのお母さん、都会の人やったもんね。東京の大学生のとき、菜々ちゃんのお父さんと大恋愛して、この村に来たらしいね」

「なんでえっちゃんがそんなこと知っておるの？」

「この村で知らん人はおらんのと違う？　それより、せっかく習い事するなら、町のバレエ教室に行きたいのよね」

と、えっちゃんは大胆なことを言い出した。

「えっちゃん、知っとる？　バレエ教室って、ものすごくお金がかかるらしいよ。月謝だけじゃなくて、年に一度の発表会なんかも、衣装代や会場を借りるお金で、大変だって聞いたよ。親にそんな負担かけて、えっちゃん平気なの？　第一、バレエは体の柔らかい、うんと子どもの頃からでないと難しいみたいよ。えっちゃん、ものすごく体、硬いよね。それとも今から痛い思いして股割りなんかやってみる？　嫌だよね。その点、そろばんは体が硬くても大丈夫だよ」

菜々子は、あの手この手と脅しをかけながら、えっちゃんの説得に必死だ。

「えっちゃんが行かないなら、うちもやめる。母ちゃん、がっかりするやろうなー。がっかりするだけならいいけど、たぶん、ものすごく機嫌悪くなりそう」

「母ちゃんが機嫌悪いと、子どもは不幸だもんね。まあー、うちの母ちゃんに相談してみてもいいけど……」

えっちゃんの態度軟化である。菜々子の作戦成功だ。

翌日、菜々子が、いつもより少し遅くなって学校に着くと、校門の前でえっちゃんがイライラしながら待っていた。

「菜々ちゃん、遅い！　うちも、そろばん教室行くことにしたから。そのきれいな先生とお化け屋敷にも興味あるし、菜々ちゃんに付き合うてあげる。ただし、クラスのみんなには内緒よ。そろばん教室のこと知ったらきっと笑うよ」

どうして笑われるのかなー、と思った菜々子だったが、えっちゃんの気が変わっては大変と即座に「分かった、内緒でね」と言って握手をした。

こうして、菜々子とえっちゃんは、そろばん教室に通うことになった。

そろばん教室になった空き家は、昔、お庄屋だった。広い庭があって、屋敷全体は竹やぶで囲まれている。誰もいないはずなのに、夜中に灯りがともっていて、人影がゆらゆら揺れているのを見たとか、横を通ると、屋敷のほうから女のすすり泣く声が聞こえてきたとか、怖そうな噂話はいっぱいあった。

そろばん教室の先生が都会から来たというのは母の思い込みで、どこから来たのか今のところ誰も知らない。

「あの家には、長い廊下の奥に暗い座敷牢があるのよ」と、見たこともないはずのえっちゃんがささやいた。座敷牢と聞いて、菜々子はますますお化け屋敷に興味がわいた。怖いもの見たさの好奇心で、次の土曜日、二時からのそろばん教室が待ち遠しくてたまらなかった。

そろばん教室の日が来た。

筆箱と算数のノートとそろばんを、母が作ってくれた布袋に入れて、教室に行く準備をする。

そろばんのない人は教室にそろばんがありますとのことだったが、菜々子は、じいちゃんが昔使っていたという、珠《たま》の白いそろばんを、ばあちゃんが用意してくれた。

「これは、じいちゃんが小学生の時、ひいじいちゃんに買うてもろうた象牙の、そりゃあ、りっぱなそろばんやけんね。大切に使うんだよ」

ばあちゃんの説明を聞いていた母が口をはさんだ。

「ばあちゃん、象牙は、今はもう取引禁止になっておるんですよ。それを子どもが使って、どうですかねえ」

「あれまあー、菜々子と取引しておるわけじゃないけどね。物を大事に使うことを菜々子に教えただけやがね」

母とばあちゃんは、些細なことでも意見が対立する。こんなとき、どちらの意見も聞こえないふりをするのが、菜々子が見つけた家庭円満の対策だ。ついでに父も同じ方針のようだ。

十二時を回った。台所からみそ汁の香りが漂ってくる。

「ごはんよー」と言う母の声に、家族があっと言う間に台所のテーブルに集まって来る。

「菜々子、お汁よそって」

母の指示に食器棚からお椀を取り出して、熱いみそ汁を慎重によそう。真衣子がそれをお盆にのせて運びながら、母に大声で一輪車にうまく乗れるようになったと報告している。その声に負けまいと真が「父ちゃん、僕はね、僕はね」と、奇声を発して父に話しかけている。賑やかさを通り越して大騒ぎのような我が家のごはん風景だ。

使った食器は自分で洗っておくこと、これが我が家のルールだ。食器を洗って時計を見ると、まだ一時を過ぎたばかりだった。一時半に、えっちゃんが迎えに来ることになっている。時間がなかなか進まない。

やっと、えっちゃんがやって来た。といっても、まだ一時二十分だ。教室のお化け屋敷までは、ここから歩いて十五分くらいで着いてしまう。

「ちょっと早いけど、遅れるよりいいよね」

と、えっちゃんもまた、初めてのそろばん教室に、というより、お化け屋敷と都会からやって来たきれいな先生に興味津々のようだ。

「お化け屋敷で暮らす先生って、どんな人かな?」

「もしかしたら、恐ろしい魔女だったりして」

「キャアー」

そんな話をしながら田んぼ道を歩いて県道に出て、橋を渡ると空き家が見えてきた。もう空き家ではないが、どことなく不気味な雰囲気はそのままだ。

屋敷を囲んでいる塀の白い壁は、ところどころはがれ落ちて黒い土が見えている。黒い部分をじっと見ていると、人の顔に見えたりするから、やっぱり不気味だ。

家を囲む竹やぶの笹が音を立てて揺れている。笹がすれる音は、いつ聞いても地獄の底からのうめき声のようだ。もしかしたら、やめておいたほうがいいのかもしれないと、ちょっと弱気になった菜々子だったが、えっちゃんを見ると、えっちゃんは決心するみたいに大きく深呼吸をしていた。強引に誘ったのは菜々子である、やめるわけにはいかない。

緊張しながらお屋敷の庭に入った。きのうの雨のせいで地面がぬかるんでいた。ブスブスと運動靴のかかとが地面に沈んでいく。菜々子はつい「うわ〜っ」と、声をあげてしまった。えっちゃんが、「シーッ」というサインをしながら菜々子を睨む。

お化け屋敷とよばれている家の前に二人で立った。玄関の格子戸の赤い塗料が、あちこち黒く変色している。長い庇の奥から、何かにじっと見られているような気がして、もうそれだけでお化け屋敷感満載だった。

えっちゃんと目で合図をして、揃って声をかけた。

「こんにちはー」

三十分近くも早く着いてしまったのに、待っていたのか、すぐに中から引き戸が開いた。

背の高い女の人が、うす暗い土間に立っていた。えっちゃんが、「うっ」と息をのんだのが分かった。ちょっと魔女っぽいかもしれない。

「いらっしゃい、待っていましたよ」

女の人は笑顔で言った。この人が、母がすっかりファンになった都会から来たに違いない先生だ。風邪をひいたのか、先生の声は少しかすれていた。

先生の髪は栗色で、くるりとカールして肩にかかるくらいだった。お化粧も完璧だ。すらりと背が高くて、母の言うとおり、雑誌のモデルか映画に出てくる女優さんみたいだった。

まつ毛がものすごく長いのは、付けまつ毛に違いない。先生は、足がすっぽり隠れるくらい長い濃い緑色のスカートに、フカフカの白いセーターを着ていた。

先生は、菜々子の身長を二十センチは超えていそうだった。年は母と同じくらいに見えた。

ほかの生徒はまだ来ていないようで、家の中はシーンとしていた。「お上がりください」と言われて、二人はかなり緊張してコートと靴を脱いだ。

「どうぞ、奥の座敷が教室です」

床に上がって教室に案内される。どこもかしこも古びている薄暗い廊下を進む。やっぱり不気味さいっぱいでわくわくしながら先生の後ろを歩く。

「こちらです」と、襖を開けて教室に使う座敷に案内された。畳は新しくなっていていい香りがしているけど、あちこちがへこんでいるのか、歩くとちょっと沈むような感じがした。

座敷には細長い坐り机が三列並べられていて、座布団が三つずつ並んでいた。ということは、九人の生徒が集まったのだと思っていたら、

「さて、少し早いけど始めましょうか。最初に自己紹介をしましょうね」

と、先生は言った。

「えっ、わたしたち二人だけですか?」

えっちゃんが、すっとんきょうな声をあげた。

「そうです。生徒さんは二人だけなんです」

先生はすまなさそうに言った。

どうしてほかに誰も来ないんだろう。やっぱり、そろばんなんて人気がないんだ。それとも、ここがお化け屋敷だから?　菜々子はちょっと不安になりながら、一番前の席にえっちゃんと並んで坐った。

「わたしの名前はトキタナリコといいます」

先生は床の間の柱に掛かった小さな黒板にチョークで〝時田成子〟と書いた。

「二人のお名前は？　今、何年生ですか？」

「少林小学校五年、武元菜々子です」

「少林小学校五年、滝川悦子です」

「初めまして、よろしくお願いしますね」

先生は菜々子とえっちゃんを交互にじっと見た。長いまつ毛の奥の目が笑っていて、優しそうな女の人だ。

「二人は学校でそろばんを習ったのかしら？」

三年生の時に、そろばんの授業があった、といっても、自分でそろばんを持つのではなく、大きなそろばんの模型のようなもので、足し算と引き算を簡単に習っただけだった。そのことをえっちゃんが伝えると、先生は「そうなの、では、そろばんを実際に手にするのは初めてなのね」と言いながらプリントを配ってくれた。そろばんの図に、ワク、ハリ、タマなどと名称が書き込まれていた。

菜々子とえっちゃんは、持ってきたそろばんを机の上に置いて準備をする。

先生は自分のそろばんで、使い方を説明してくれる。

そろばんの珠を一度バサッと落としてから、梁の上を指でさあーっと流して珠を上げたり、パチパチと珠を上げたり下げたりするのもけっこう楽しい。足し算の繰り上がりで桁が変わるのも、覚えてしまうとゲームみたいで面白かった。

最初は先生が作ったテキストでゆっくり足し算をしていった。答えを書き込んで先生に見せると、赤鉛筆で丸をつけてくれた。

「何か分からないことや、質問があったら、いつでも聞いてくださいね」

先生の言葉に、さっそくえっちゃんが飛びついた。

「成子先生は独身ですか？」

しかも、成子先生なんて、ちゃっかり親しげによんでいる。

「はい、独身です」

そろばんとは関係ない質問にも先生は答えてくれて、年は三十五歳だと分かった。

テキストの次は、少しだけ読み上げ算も習った。読み上げる先生の声を聞いて、そろばんで計算をするのが読み上げ算である。

「ゴハサンデネガイマシテハ、六円ナリ、三円ナリ、八円デハ」

えっちゃんが、「ゴハサンデネガイマシテハというのは、どういう意味ですか」と質問した。先生は、黒板に〝ご破算で願いましては〟と書いてから言った。

「はい、今までのことはおしまい。忘れて新しくやり直しましょう、という合図というか、号令のようなものです」

「呪文みたいですね」

と、菜々子が言うと、

「そうです。やり直しの呪文です」

と先生は、うれしそうに言った。

成子先生の読み上げ算に「はい」と言って手を挙げて答えて「ゴメイサン」と言われると、かなりうれしい。一時間半はあっと言う間に過ぎた。

「菜々子ちゃんも悦子ちゃんも、とっても覚えがいいわ。先生、うれしいわ」

と、褒めてもらって、「気をつけてお帰りなさい」と、見送られてお屋敷を出た。

「最初、二人だけやったから、びっくりしたー」

と、えっちゃんがピョンピョンはねながら言った。

「うん、それにあの家、やっぱりお化け屋敷っぽいよね」

「先生、一人で怖くないのかな」

「やっぱり、魔女だったりして」

「やめて〜」

そんな話で盛り上がって、一回目のそろばん教室は無事終わった。「いまどきそろばん？」と言っていたえっちゃんも、意外に満足しているようだ。

桜の季節になって三学期も終わった。そろばん教室は順調に進んでいるが、春休みになっても相変わらず生徒は増えず、教室は三人だけだった。

暖かくなると先生の洋服も明るい色のブラウスや花柄のスカートになって、とても華やかだ。教室で配られるテキストは先生がパソコンで手作りしている。プリントの空いたスペースに菜々子とえっちゃんの似顔絵が描かれていたりしたこともあった。

ある日、えっちゃんが、「うちらテストをして、級なんかも取れるんですか?」と先生に質問した。

「この教室では、級はないのよ。だから、進級テストもありません。そろばんを通して持久力や集中力、強い精神力も養います。高い計算力が培われて、そのうち二人の頭の中も、コンピュータ並みの計算処理能力を持てるようになりますよ」

というのが、先生の答えだった。よく分からない部分もあったが、菜々子は、テストがないというところが大いに気に入った。もちろん、えっちゃんも異議なしだ。さっそく母に伝えた。

「時田先生のそろばん教室には進級テストがないよ。そやけん、級はもらえんよ」

「そりゃあ、ええことやね。なんでもかんでも数字でランクを決めるのは、母ちゃんは好きじゃないの」

母の反応は予想外だった。テストの点数なんかは低いと怒るけどなーと思ったが、せっかく機嫌がいいのに何か言って機嫌が悪くなると困るので、菜々子はそれ以上言わないことにした。

一時間半のそろばん教室が終わると、先生はカルピスやコーラを出してくれた。ときには「先生が作ってみたのよ」と、手作りのクッキーなんか出してもらって、おしゃべりすることも増えた。先生は菜々子たちの話を途中でさえぎったりしないで、本当に楽しそうに聞いてくれる。菜々子は、こんな大人に出会ったのは初めてのような気がしている。

「先生、この家には座敷牢があるんですか?」

クッキーをかじっていたえっちゃんが突然言った。

「この家にそんなものがあるって噂なの?」

「はい」

「座敷牢はないと思うわよ。布団部屋みたいなのはあるけど。見てみますか?」

二人は、ほとんど同時に「はい」と答えていた。

教室の座敷を出て、先生の後ろについて長い廊下を歩く。やっぱり薄暗い。廊下の先にもう一つ座敷がありそうだ。廊下の突き当たりに引き戸があった。引き戸は細い棒が横平行に組み込まれていて黒光りしている。この先が特別な場所であることを告げているようだ。やっぱり座敷牢はあったのだ。

先生が引き戸に手を掛けて開けようとした途端、

「やめてー!」

と、えっちゃんが叫んで、菜々子は思わずえっちゃんの手を握りしめて、

「キャアー」

と、叫んでいた。

先生は笑いながら、戸を引いている。ズルズルと重たい音がして戸が開いた。

廊下からの薄暗い光で中を見ると、がらんとした畳の部屋だった。時代劇で見る牢屋の柵のようなものはなかった。それでも、窓もなく湿った空気が、やっぱり牢屋の雰囲気を漂わせている。

後ろからドンと押されて中に入った途端、天井から鉄格子がバサッと落ちてきて閉じ込められたらどうしよう、なんて想像していたら、

「たぶん、ここは納戸だったと思うわ。布団や座布団を入れておいたのね」

と、先生の声がして我に返った。先生は「座敷牢ではなさそうでしょ。これで安心した？」と言って、クスクス笑っている。

座敷牢がなかったと分かると、ちょっとがっかりした菜々子は、帰り道、えっちゃんに文句を言った。

「えっちゃん、座敷牢があるって自信満々で言ったよね」

「期待はずれやったね。残念だけど単なる噂だから」

えっちゃんは笑ってごまかした。

桜も散ってしまって、昼間は暑いくらいだ。

菜々子は小学六年生になった。クラス替えはなかったので、みんな同じ顔で同じ担任のままだ。

あと一年で中学生になる。そしたらチェックの折りスカートに丸襟の白いブラウス、紺色のジャケットの制服を着て自転車通学が始まるのだ。そして、念願のスマホを手に入れることができる。それにしても一年後はあまりにも遠い。

成子先生は、いつも明るい色のブラウスと長いスカートで、かわいい花柄のスカーフが首に巻かれていたりと、素敵なファッションだ。

そろばん教室の帰り道、えっちゃんが秘密を打ち明けるように言った。

「菜々ちゃん、先生の髪の毛、伸びないね」

「そうやったかな。美容院でカットしよるんと違う?」

「まったく同じ髪型、というか、カールの形が同じよね。それによく見ると、ちょっと不自然な感じがせん?」

「どういう意味?」

「もう、菜々ちゃん、にぶいなー。先生の髪の毛、カツラかもしれんね」

「そうなん?」

「たぶん、そうやと思う。そしてね」

と言ってから、えっちゃんは小さな声でつけ加えた。

「先生、男かもしれんよ」

「ええーっ！　そ、そうなん？」

「テレビなんかにも出とるやろ、そういう人」

クラスでコナン女子とよばれるえっちゃんの観察力だ、正しいかもしれない。先生が菜々子の間違いを指摘した時、そっと手が出てそろばんの珠を動かす指がずいぶん大きくてびっくりした。先生は背も高いし首や肩もがっちりしていて男の人みたいだ、と思ったことがあった。

大変なことを発見してしまったのかもしれない。二人はしばらく、無言で見つめ合った。

「どうする？　母ちゃんに報告する？」

と、えっちゃんがオーバーに腕組みして言った。

「言わんほうがええと思うな。うちの母ちゃん、先生は上品できれいな女の先生って、信じておるもん。それに、それって、絶対かな、百パーセントじゃないよね」

「たぶん、百パーセント」

えっちゃんは、間髪入れずに言い切った。

母は先生とずいぶん仲良くなったみたいだ。学校から帰ると、井戸の横にあの黄色い車が止まっていて、縁側に二人して坐って話し込んでいたこともあった。

仲良しになったのなら、母も先生が男だと気付いていて、何も言わないのかもしれない。だったら、やっぱり言えない。

「先生が女の人って自分で決めたんやから、うちらもそう決めよう」と、菜々子が提案すると、えっちゃんも「うん、そうだね」と言ってうなずいた。そして、このことは二人だけの秘密にしようと決めた。


そろばん教室の生徒は、相変らず二人のままだ。

そろばんはかなり上達している、と菜々子は思っている。暗算も習い始めた。頭の中でそろばんを想像して、想像の珠をはじいて計算するのだ。けっこう楽しい。

そろばん教室は順調だけど、菜々子の家では順調といえないある出来事が起きていた。

この頃、父と母がどこかギクシャクしているのだ。

朝ごはんの時、二人はひと言も口をきかないまま、黙々とごはんを食べている。重苦しい空気に、菜々子と真衣子は顔を見合わせて箸を置いた。二人一緒に立って二人並んで流しで食器を洗った。

最近、父は夜出かけて遅くまで帰らないことが増えているようだ。夜中に二人が言い争っている声が、菜々子たちの耳にも聞こえていた。

「あの人、高校の同級生だってね」

そんな母の押し殺したような声が、襖の向こうから聞こえてきたこともあった。

父と母は、村でも評判の仲良し夫婦だったはずだ。

二年くらい前のことだ。母は白髪が増えて白髪染めを始めた。少し明るい栗色に染めている。軽いパーマもかけていて、ふわっとしたショートだ。後ろのほうは見えないから、父に染めてもらっていた。母が洗面台の前に坐って、父が母の髪染めを手伝っている。

「父ちゃん、ほら、右のほう、ちゃんと染めた?」

「こら、こら、動くな」

二人の笑い声が聞こえていた。

そのことを作文に書いた。いい作文だと先生に褒められて、クラスで発表された。あの時、母は怒りながらもうれしそうだった。

「菜々子、あんた、作文におかしなこと書いたらいけんよ。母ちゃんの白髪染めのこと書いたがね」

「母ちゃんに白髪が多いこと、バラしてしもうたけん?」

「そうじゃないよ、白髪染めを父ちゃんに手伝うてもらいよること書いたがね。えっちゃんがお母さんに言うて、えっちゃんのお母さんがみんなに話して、牧子さんとこは仲がええね、言うて皆にひやかされてしもうた」

夕食のときで、家族みんなで大笑いした。あれを明るい家族団らんというのだろう。今は暗い団らんに変わってしまった。真衣子も何かを感じていて、家族みんなが暗くなった。母は何も言わないが聞こえてくる会話の内容で、子どもたちはすべてを察知しているのだ。

都会に出ていた父の同級生がUターンで戻ってきて、町でスナックを始めたのだ。父は、同級生の商売に協力しているのだと言って、時々スナックに通っていて、どうやら夫婦喧嘩の原因はこれだ。時々通っているだけなら、こんなに不幸なことにはならない。そんなことぐらい小学生にだって分かる。

菜々子は、思い切って聞いてみた。

「母ちゃん、シャインのママって誰な？　父ちゃんとどういう関係な？」

「シャインのママって何のこと？　そんな人、知らん」

「ごまかさんでもええよ。そのことで、父ちゃんが嫌いになったん？」

「そんなことない。シャインのママなんて何の関係もない」

いつもの強気の母はどこかにいってしまったようだ。菜々子が初めて見る頼りなくて小さな母がそこにいた。

菜々子が学校から帰ると母の姿がなかった。

母は真を連れて東京に帰ってしばらく戻ってこない、とばあちゃんから聞かされた。

菜々子と真衣子は、真だけ連れて実家に帰ってしまった母に、捨てられたような気になった。いや、きっと捨てられたのだ。母にとって大切な子どもは真だけということになる。真衣子は泣きたいのをじっと我慢しているようだ。菜々子は真衣子に、いつもよりちょっとだけ優しくなった。

ごはんは、ばあちゃんが用意してくれる。ばあちゃんの作るごはんがおいしくないわけじゃないけど、母の作ったごはんが懐かしくて、テーブルに母と真がいないと、知らない家にいるようだった。うるさいほどの真の声も母の小言も家の中から消えた。

ドラマなんかで、離婚のシーンなんかを何度も見たが、まさか、自分の家族に降りかかるとは思ってもみなかった。遠いどこかの話のはずだった。弟は母に、わたしと妹は父に育てられました、なんて作文に書くことになるのだろうか。

そろばん教室でも、元気のなくなった菜々子に先生が言った。

「菜々ちゃん、いつものパワーはどうしたの？」

菜々子の代わりに、えっちゃんが待ってましたとばかりに答えた。

「先生、菜々ちゃんちは、今、大変な家庭崩壊の危機なんです。お父さんの浮気が原因なんです」

えっちゃんに、何もかも話していたことを後悔した。

「違うんです。そうかもしれないけど、そうじゃないんです」

と、菜々子が慌てて言うと、先生は黙って何度もうなずいた。

帰り道、菜々子はえっちゃんに詰め寄った。

「えっちゃんを信じてたから言うたのに、ひどいよ」

「ごめん、そやけどね、菜々ちゃんが、不幸になるのを黙って見ておるわけにはいかんもん」

「先生に話したら、わたしは不幸じゃなくなるの?」

「この頃、うちの母ちゃんの話ではね、成子先生は、村のあちこちでマジックを起こしておるらしいのよ」

「マジックって何?」

「ほら、橋の近くに住んでる一人暮らしのおトキばあちゃん、すごく意地悪で嫌われ者じゃない?」

「そうやね」

「話をオーバーに作って、悪い噂を流すのが生きがいのようなばあちゃんよ」

と、言いながら、えっちゃんは得意げに話す。

例えば、都会に出てどこかのデパートに勤めていて、三十歳を過ぎて村に戻ってきた柳原のお姉さん。おトキばあちゃんの作った物語では、悪い男に騙されて不倫のあげく捨てられて、やけになったところに、結婚詐欺にあってぼろぼろになって戻ってきたに違いない、とあちこちで言って回った。

花作り農家の旦那さんが、若い女の人と再婚してすぐに、乗っていたバイクが崖から落ちて亡くなったときは、奥さんに睡眠薬を飲まされて事故になった、殺されたに違いない、花作り農家殺人事件だと噂を立てた。

おトキばあちゃんは、とにかく不幸な話ばかりを作る。事件めいた話や不幸な出来事は、たいていテレビのドラマやニュースで見たり聞いたりしたことのある話だった。おトキばあちゃんの話を村の人たちは本気にしていないが、おトキばあちゃんのせいで、誰かと誰かが喧嘩になったり、家どうしがトラブルになったりすることもあったようだ。おトキばあちゃんは、その様子を楽しそうに眺めているらしい。

おトキばあちゃんは、この村で育って、この村の家に嫁いで、この村の主のような人だ。

「あの悪魔のようなばあちゃんが、この頃、普通のおばあさんになったみたいよ」

「どんなふうに普通なの?」

「柳原のお姉さんに、よう戻ってきた。真面目に生きておれば、今にええこともある、なんて言ったんだって。柳原のお姉さん、おトキばあちゃんの変わりように腰を抜かしそうになったんだって」

成子先生が、おトキばあちゃんの話し相手になっているらしく、いつだったか、おトキばあちゃんが風邪をひいた時は、先生が泊まり込みで看病をしたらしい。そんなことがあって、すっかり成子先生を信用しているらしい。介護サービスを受けてはどうか、と役場の保健師さんが何度すすめても、他人は信用ならんと言って拒んでいたあのおトキばあさんが、先生のすすめでデイサービスの説明を受けた、と村の人たちは驚いているそうだ。それから、えっちゃんは、酒屋の虎造じいちゃんの噂も教えてくれた。人の顔を見れば何か文句を言わなくては気がすまないヘンクツ親父がこの頃、気味が悪いほど愛想が良くなったようだ。酒屋で客がちょっと咳をしただけで、「うつる。病気を持ったやつは店にくるな」と言っていたのが、「風邪かいの？　大事にせないけんぞ」となった。成子先生を相手に、将棋を指している姿をちょくちょく見かけるようになってから、変わったらしい。

「それが、成子先生のマジックなの？」

「まあー、マジックというのは、うちの母ちゃんの言い方だけどね」

とにかく、この村を黄色い車があちこち走り回っている。一人暮らしの年寄りのお使いや、病院への送り迎えなども引き受けているようだ。

成子先生がこの村でそろばん教室を始めた時は、怪しい女が現れたと噂する人もたくさんいた。どうしてこの村に来たのか。びっくりするほど安い月謝で、しかも二人しか生徒のいないそろばん教室で暮らしていけるはずがない。株取引か何かの裏稼業があるはずだ。いや、大金がらみの犯罪で逃げているのかもしれない、ここは身を隠すにはもってこいの山里だ。

もしかしたら、何か新興宗教の布教のためかもしれない、などなど、大人たちは勝手に想像して話のタネにしていた。

それが今では、あの先生がこの村に来てから村が明るくなった、本当にええ人じゃね、と先生のファンも増えているようだ。

「そんな訳だから、成子先生に話せば、何かいいことがあるかもしれないと思ったのよ」

えっちゃんは、うっかり言ってしまった言い訳に、こんな長たらしい話をした。菜々子はえっちゃんに、クラスでは絶対、誰にも言わないと約束させた。

「もし、約束を破ったら、うちらの友情は終わりやけんね。百年も恨んでやるから」

と詰め寄る菜々子に、えっちゃんは、

「ええーっ、百年も？　分かった、約束する」

と言った。

「それにしても、〝ご破算で願いましては……〟みたいに、うちの不幸も呪文ひとつで、ハイこれでおしまい、今までのことはなかったことにしてやり直しましょうって、ならないかな」と菜々子がつぶやくと、えっちゃんは、「世の中、そんなに甘くないけど、その呪文はきっと効果あるよ」と、いつになく優しい笑顔で言った。

それから一週間ほどした土曜日の朝だった。

「東京に行って母ちゃんに会うてくる。心配せんでもええ、すぐに戻ってくる。ばあちゃんの言うことを、よう聞いていい子にしておれ。菜々子、真衣子を頼んだぞ」

父は、菜々子の頭を子どもの頃みたいに、大きな手を広げてポンポンと叩いて言った。

スポーツバッグを担いだ父の後ろ姿を見送った菜々子は、もしかしたら、このまま父もどこかに行ってしまうのではないか、母のところではなくシャインのママとかいう人のところへ行ってしまったらどうしようと、とんでもないことを想像してしまった。

保育園の送り迎えはいつも父だったことや、自転車の乗り方を教えてくれたことや、母に叱られていたら、「まあまあー、菜々子には菜々子の言い分もあろうが」と言って味方になってくれたことなんかが、ぐるぐる頭の中で回って、そんなはずはないと自分に言いきかせるのだが、不幸な家族の想像は菜々子のなかでどんどん大きくなっていった。どんなに苦しくても学校には行かなくてはならないし、宿題だってしなくてはいけない。


三日ほどして、父と一緒に母と真が戻ってきた。

菜々子が学校から帰ると、真衣子が台所で母の手伝いをしていた。真衣子は、何があっても母ちゃんのそばを離れない、といった感じで母にぴったりくっついている。

おろし立てのピンクの花柄の割烹着を付けて台所に立っていた母が振り向いた。

「おかえり、母ちゃんがいない間、真衣子の面倒みてくれたんだって。やっぱり姉ちゃんやね。偉かったね」

突然過ぎて、母のそんな言葉に涙が出そうになった菜々子は、

「えっちゃんとこに行ってくる」

と、外に飛び出した。「もうすぐごはんよー」と言う母の声を聞きながら、幸せだ、こういうのを幸せっていうんだ、と胸の内で叫びながら、えっちゃんの家に向かって突っ走った。

「えっちゃん、母ちゃんが帰ってきたよー」

「やっぱり、うちの判断は間違ってなかったよね。きっと先生のマジックよ」

息を切らせている菜々子に、えっちゃんは得意顔で言った。

今夜の夕食は、母も真もいて五人でテーブルを囲んでいる。母がいない間、こんなふうに五人が揃うことはもうないかもしれないと何度も思った。

オムライスに唐揚げ、ポテトサラダも付いたご馳走メニューだ。

菜々子は、オムライスを食べながら泣きそうになった。特別おいしいはずなのに、味がよく分からない。泣くのを我慢するために、がむしゃらにスプーンを動かした。泣いたらおかしいと思っているのに、我慢すればするほど、涙が出てしまった。

「姉ちゃん、泣いたらいけん」

と言って真衣子も泣き出してしまった。菜々子と真衣子は、我慢していた糸がプチンと切れたみたいに声をあげて泣いた。

「どうしたの？　二人とも。早うごはん食べなさい」

と母が言っているが、もうこうなったら止まらなかった。胸の中に息が届かなくて、体がひくひくなるほど泣いてしまった。

「ごめんね、寂しかったね。母ちゃんはもうどこにも行かない。ずっとここにいるから」

そう言って母も泣いているみたいだった。

母が戻ってきてくれて、心配していた家庭崩壊はなくなったようだ。でも、まったく以前に戻ったのかといえば、どこかが少し変わったような気がしている。


そろばん教室に生徒が増えた。

おトキばあちゃんが、そろばんを抱いてやって来たのだ。とんでもない悪魔の登場だ。気をつけないといけない。この頃、普通のおばあさんになったらしいけど、人の性格がそんなに簡単に変わるはずがない。

先生が、おトキばあちゃんを紹介した。

「菜々ちゃん、えっちゃん、今日から仲間が増えました。おトキさん、ご挨拶をお願いします」

「倉田トキじゃ。年は忘れた。はい、菜々ちゃんに、えっちゃん、よろしく」

えっちゃんが拍手をしたので、つられて菜々子も拍手した。

おトキばあちゃんは、年は忘れたと言っているけど、この村におトキばあちゃんの本当の年を知っている人は誰もいない。えっちゃんの情報では、えっちゃんのお父さんが子どもの頃から、もう今みたいなおばあさんだったそうだ。おトキばあちゃんは、いつも暗い色のモンペに汚れが染み付いたような割烹着を着ている。姉さんかぶりの手ぬぐいも汚れている。

おトキばあちゃんは、割烹着のポケットから、直径十センチ、厚さ二、三センチほどの丸い缶を取り出して蓋を開けた。中には、いろんな色や形の飴が並んでいた。

おトキばあちゃんは、

「ほれ、ひとつ食べなはい。お近づきのしるしじゃ」

と言って、ニッと笑いながら菜々子とえっちゃんにすすめた。笑うと、眉のない皺いっぱいの顔がますます皺だらけになった。きれいに並んだ真っ白い前歯がびっくりするほど目立っている。手は、日焼けしていて節が曲がっていて皺だらけで、青い筋が浮いていていてゴワゴワしていた。爪は伸びて黒く汚れている。二人がその手をじっと見ていると、おトキばあちゃんは、

「大丈夫じゃ、ちゃんと石鹸で洗うておる。年寄りの手はこんなもんじゃ」

と言って、「いっひっひっひっ」と変な笑い方をした。

白雪姫に毒りんごをすすめる魔法使いそのものだ。えっちゃんと目が合って、「いいです」と、二人で声を揃えた。

「子どもが遠慮せんでもええ、ほれ」

おトキばあちゃんは缶を二人の目の前に突き付けて、強引にすすめる。菜々子もえっちゃんも、遠慮じゃないんだけど、本当に嫌なんだけど、と思っているのに気付いてくれない。

「ほれ、遠慮せんと。うまいよ」

二人とも、口を真一文字に閉じたまま手を出せないでいる。

「わたしも、ひとつもらってもいいですか?」

先生が大きな指で紫色の葡萄の形の飴をひとつつまんで、ひょいと口に入れた。先生の飴が口の中で転がっているのを確認してから、菜々子とえっちゃんは飴に手を伸ばした。

えっちゃんが白い丸い形を、菜々子は黄色いレモンの形をした飴を取って、恐る恐る口に入れた。レモン味の酸味が口の中で広がって喉の奥をキーンとさせた。

おトキばあちゃんは満足そうに笑って、缶に蓋をすると割烹着のポケットに戻した。

こんなお婆さんになってから、どうしてそろばん教室に通うのか不思議だった。しかも、おトキばあちゃんのそろばんの腕前は、菜々子たちのはるか上をいっていて、そろばんの達人みたいな人が今さら習う必要などなさそうだった。

成子先生は、菜々子たちとおトキばあちゃんの読み上げ算を別にして読み上げた。

何桁もの長たらしいすごいスピードの読み上げ算を、おトキばあちゃんは、ちょっと震える指先で、はじいていく。全部〝ゴメイサン〟だった。菜々子とえっちゃんも挑戦してみたが、とてもついていけなかった。

「おトキさん、すばらしいですね」

先生に褒められておトキばあちゃんは、「それほどでも」と、うれしそうだ。

教室が終わって、途中までおトキばあちゃんと一緒に帰った。

菜々子もえっちゃんも、なんとなく落ち込んでいる。

「大丈夫、一所懸命努力したら、すぐに上達するがね」

おトキばあちゃんは、ドヤ顔で二人を慰めた。おトキばあちゃんと別れて、えっちゃんが言った。

「もしかしたら、あれは全部うそじゃないかな」

「ええーっ、どういうこと？」

「おトキばあちゃんはいい加減にそろばんをはじいて、いい加減な数字を答えて、先生もいい加減に、合ってなくても、ゴメイサンって言うてたりして」

「ええーっ、なんで？」

「おトキばあちゃんがあんまり年寄りだから気をつかっているとか、または、おトキばあちゃんはスパイで、先生を見張っている敵かもしれないから、敵の様子をみるために調子を合わせているとか」

えっちゃんは、おトキばあちゃんに太刀打ちできなかったのがよほど悔しいのか、そんな意味不明の負け惜しみを言った。

夏休みになると、小学生も中学生も、町にある運動公園のプールに通い始める。運動公園にある二十五メートル、五レーンのプールはいつも満員で、泳ぐというよりつかるという感じだ。混雑するプールを避けて、川で泳ぎたいと思っているのは菜々子だけではない。頭を越えるほど繁った夏草を分け入ると、透き通った水がさらさらと流れている川面が突然のように現れる。照りつける日差しに髪の毛がぬれるほど汗だくになったときなど、すぐにでもその水の中に飛び込みたくなるが、保護者がついていなければ川で泳いではいけないことになっていて、菜々子もえっちゃんも、もう何年も川で泳いだことがない。親たちはみんな忙しくて、子どもの水浴びに付き合ってはくれないのだ。

そろばん教室で、先生に出してもらったジュースを飲みながら、そんなことを話していると、おトキばあちゃんが言った。

「おまえたち、川で泳ぎたいなら、わしが保護者ということで、ついていってやろうかい」

「いや、だめですよ。保護者が一緒ということは、誰かが溺れそうになったら助けてもらえるということやもん、おトキばあちゃんじゃあ、一緒に溺れてしまうもん」

えっちゃんは、はっきりしている。そのとおりだけど、一緒に溺れてしまうとは、大胆だ。

「そうバカにしたもんでもないぞ。これでも、おまえたちぐらいの子どもの頃は、あの川の岸から岸、何度も泳いで渡ったものじゃがね。日が暮れたらカッパが出るけんね、早う戻れと言われておったが、泳ぐのに夢中になって暗うなるまで泳いで親に叱られたもんじゃ。泳ぎはこの辺りで、わしの右に出るものはおらなんだぞ」

「まあー、おトキさん、そろばんだけじゃなくて、泳ぎもパーフェクトだったんですね」

先生の褒め言葉に、おトキばあちゃんは、

「いやいや、こう言うては自慢話に聞こえるかもしれんが、わしは歌も絵も誰にも負けたことがないのー。作文を書いても、先生によう褒められてのー」

と、思いっきり自慢した。

「おトキさん、あの川には、本当にカッパがいたんですか？」

先生、やめてください、と菜々子が声をあげそうになったその時、おトキばあちゃんが言った。

「おった。確かにおった。わしは何べんも会うた。最初に見たのは、あれはわしが小学校に上がった年じゃった。お日様があの山に隠れて、しばらくした頃じゃ。川の水が黒うなって、風もぴたりとやんで、川と土手の境が見えんようになったときじゃったな。もう一人、誰ぞわしの後ろにぴたっと付いて泳ぎよる者がおっての。誰じゃろうと思うてふりむいたら、カッパがひゅーっと水から顔を出して、ニタッと笑いおった」

「おトキばあちゃんのうそつき」

えっちゃんが、顔を赤くして言った。いやだ、えっちゃん怖がっている、と菜々子は吹き出しそうになった。

「うそなんぞつくもんか。そうじゃ、先生、みんなで川に泳ぎに行きましょうかね。先生がおんなさったら、立派な保護者じゃないか。わしも何十年ぶりかで川の水につかってみとうなったわい。運がよけれゃあ、カッパに会えるかもしれんぞ」

「いえいえ、わたしは、まったく泳げないんです。ほんとに、だめなんです。役に立たないんです」

慌てて先生が言った。

「カッパは日本語しゃべるのかな。愛媛弁かな」

と、菜々子がふざけて言うと、おトキばあちゃんは確信を込めて言った。

「カッパはのー、きれいな標準語じゃったな。ほれ、先生みたいな」

「まあー、おトキさん、カッパと会話もしたんですか」

「おおー、したとも。カッパは礼義正しいやつでのー、会うときちんと挨拶するんじゃ。カッパは子どもを見つけると、足をつかんで川底に引っ張り込んで食ってしまうという話もあるが、あれはうそじゃ。わしが会うたカッパはええヤツじゃったぞ」

「まあー、おトキさん、カッパと仲良しになったんですね。素敵だわ」

「もう、やめて。みんな頭がおかしい!」

と、えっちゃんはむきになって言った。よっぽどカッパが怖いようだ。

四人で川に泳ぎに行くという大胆な計画は消えたけど、夕方暗くなりかけた頃、川べりを歩いていると、菜々子はおトキばあちゃんのカッパの話を思い出した。川面からカッパがにゅーっと顔を出しそうで、じっと川の流れを見つめて立ち止まることもあった。

そろばん教室では、レッスンが終わっても仲良し四人組みたいに話し込むことが増えている。

おトキばあちゃんが初めて教室に来た時は、「困ったもんだね」「なんか、怖いよね」なんて言っていた菜々子とえっちゃんだったが、今やすっかり年の離れたそろばんメイトだ。悪口ばかり言う悪魔のような怖いおばあさん、というイメージも消えかけている。

おトキばあちゃんが教室を休んで、三人だけのときもある。そんなときはちょっと寂しい気がする菜々子だった。そして、心配になって教室の帰りに、えっちゃんとおトキばあちゃんの家に寄ってみたりした。今日は腰が痛いとか、頭が痛いとか、腕が痛いとか、たいてい、どこかが痛いのが理由だったが、二人が行くと、

「見舞いにきてくれたか。上がっていけ、上がっていけ」

と元気そうに迎えてくれて、お菓子まで出してくれた。

おトキばあちゃんは、時々ずる休みをするけど、「もうやめた」とは言わなかった。

その頃、村の誰からともなく、そろばんの先生は男ではないか、という噂が立ち始めていた。誰も本人に確かめたわけではない。「どこから見ても時田先生は女にしか見えない」と

言う人や「どっちだっていい、本人の自由だ」と言う人もいた。よく知らないおばちゃんに、「そろばんの先生は男か女か、どっちなん?」と、しつこく聞かれたこともあった。そんな時、菜々子とえっちゃんは、はっきり「先生は女の人です」と答えた。

最期の力をふり絞って、ツクツクボウシが鳴いている。

この頃、母が変だ。テストの結果がさんざんでもあまり叱らなくなった。叱られなくてうれしいけど、家の中の雰囲気は、どこかおかしい。

台所仕事をしていた母をふと見ると、蛇口から水を出しっ放しで、ぼんやり窓の外を眺めたまま、動かないロボットみたいに見えるときもあった。

「姉ちゃん、母ちゃんはおかしいね。ほんとの母ちゃんじゃないみたいやね」

と、真衣子も不安に思っている。

母と成子先生は相変わらず仲良しで、うちの縁側で二人で話し込んでいるのを見かけることもあった。そんなときは、母の明るい笑い声も聞こえた。

母が実家から戻ってからは、父の〝スナック・シャイン〟通いもなくなったし、喧嘩もしなくなったし、母は気味が悪いほど優しくなったけど、もとに戻ったわけじゃない。以前のような底抜けに明るい笑い声が、母からも父からも消えた。今の我が家には、暗くて冷たい何かが縁側の奥のほうに住みついているような気がしている。それが時々、ドロリと流れ出て家族に絡みつくのだ。

そろばん教室に夏休みはなかったが、おトキばあちゃんは、あんまり暑いのでお休みにします、と勝手に自分だけ夏休みにした。えっちゃんは九州に家族旅行だ。

先生と菜々子の二人だけの教室は初めてだった。

庭の地面がひび割れたように乾燥して、もう何日も雨を見ていない。外が焼けるように暑くても、教室の座敷は妙にひんやりとしていて気持ちよかった。縁側と座敷の障子を開け放つと、竹やぶからの涼しい風が教室を吹き抜けて、時々、机のプリントが飛んだ。先生は袖の長いブラウスに、ひまわり模様の長いスカートをはいている。「ご破算で願いましては～」と読み上げながら机の前を行ったり来たり、時には縁側に向かって声をあげていたけど、菜々子の机の前にスカートをふわりと広げて坐った。スカートの上で重ねている手がやっぱりとても大きくて、菜々子は思わず先生の手をじっと見つめてしまった。先生は菜々子の視線に気付くと、手を揃えて指を真っすぐ伸ばして自分の手の甲と菜々子の机の上の手を見比べて言った。

「わたしも菜々ちゃんくらいの年の頃は、細くてすらりとした手足だったのよ。中学、高校と成長していくと、自分では望んでいない方向に骨が勝手に成長するのね」

「先生、大人になるのが嫌やったんですか？」

「そうね、大人になることというより、身体が自分の知らないものになっていくのが、怖くてどうしていいか分からなくて、逃げ出したかったわ。でも、自分の身体からどうやって逃げたらいいのかそれも分からなくて……。ごめんなさい、つまらない話をしてるわね」

「先生、わたしも自分の身体から逃げ出したくなります」

「そうなの?」

「はい、家の中にいても、息苦しくて空気がどんどんなくなりそうで、身体をそこに置いたままどこかに行きたくなります。母ちゃんがどこか変なんです。もしかしたら、また、いなくなるかもしれないです。わたしたちのこと、ご破算にしてしまうかもしれないです。きっとご破算にしたいんです」

「菜々ちゃん、お母さんは、菜々ちゃんたちのこと、ご破算になんてしないと思うわ。きっと大丈夫よ」

先生は、優しく言ってくれたけど、やっぱり心配で学校にいても落ち着かなかった。時々、授業を抜け出して家に帰りたくなるのをじっと我慢した。

九月の終わりの日曜日のことだった。

沖縄から九州の南を通って台風が四国を直撃した。テレビでは路上を歩く人の傘が一瞬に反り返って、駅前のシュロの葉が見たこともないほど横向きになって風に揺れていた。母のスマホには、たて続けにラインメッセージが入っているようだ。

「えらい大型みたいやなー。このところ、とんでもない災害があちこちで発生しておるし、心配やわ」

「ここらあたりでは経験したことのないほど大型じゃそうな。油断はできんぞ」

母と父が真剣に顔を突き合わせて話をしている。仲のいい夫婦みたいだ。こんな二人を見たのは久しぶりだ。危険が迫ると仲間の団結は強くなる。冒険マンガではよくある場面だ。

父は家中の雨戸を閉めて回った。家の中が夜のように暗くなって、慌てて電気をつけた。役場からは、今後の予報に注意するよう連絡が入る。

雨戸を閉め切った部屋で、戸を叩く風の音を聞く。真は興奮して、座敷を走り回ってはしゃいでいる。菜々子も真衣子も台風の恐怖など感じることもなく、今日が特別な日曜日になったようでわくわくしていた。テレビの気象予報士が、大型の台風は夕方にかけて、高知県から愛媛県を北上すると天気図を示して言っている。

「菜々子、離れに行って、じいちゃんとばあちゃんに母屋に来てって言うてきて」

そうだ、こんなときは仲間は多いほうがいい。

離れのじいちゃんとばあちゃんも母屋にやって来た。みんなで輪になって坐って、母が用意したおかきをポリポリとかじってお茶を飲む。風の音を聞きながらみんな静かだ。

「鶏が吹き飛ばされるかもしれん」

と、父が鶏小屋の戸の補強に嵐の中に出て行くのを、母が心配している。

「父ちゃんが吹き飛ばされんようにな」

母が声をかけると、父は「おおー」と勇ましく応えて雨かっぱを着て出て行った。

しばらくして、びしょ濡れになって戻ってきた父が言った。

「見たこともないほど川の水位が上がっておるぞ」

いつだったか、川が氾濫して水が家を押し流している風景をテレビのニュースを見たことがあった。みんなまた静かになった。

外で、有線放送が流れているようだが、閉め切っているうえに、風の音でよく聞こえない。

その時、電話が鳴った。みんなビクッとして電話をとった父に集中する。

「そうですか、そうじゃな、そうします」

内容が分からず父の声を待つ。

「役場から避難準備をするように言うてきた。うちには年寄りもおる、早めに集会場に避難したほうがええと連絡をくれた。貴重品と着替えをまとめて、これからみんなで集会場に避難するぞ」

と、父が言った。

集会場は、五年前に地震対策も兼ねて鉄筋で建てられた建物だ。村の新年会やお祭りの準備などにも使われる。

「わしゃ、行かんぞ。七十年以上ここに住んでおるが、あの川の水がここまで来たこたあ、いっぺんもなかった。親父から聞いたこともないが」

「じいちゃん、この頃では今までになかったような災害が起こっておりますがな。まさか、というようなことが起きておるし、あなどれんで。なあー、ばあちゃん」

母が、ばあちゃんに意見を求めると、

「そうよ、そのとおり。地球全体、なにもかもが変化しておるに」

と、母とばあちゃんが団結している。

「こういうときは年寄りの言うことを聞くもんじゃ」

と、じいちゃんはのんきにお茶を飲みながら、腰を上げようとしない。

「じいちゃん一人で残ってもええですよ。うちは役場の指示どおり、子どもや孫たちと避難しますけん」

と、ばあちゃんが強気で突き放すと、じいちゃんは「一人で残ってもしかたないが……」

と、ぶつぶつ言いながら慌てて立ち上がった。

「ぬれるかもしれん、着替えも余分に用意せい。おまえたちはランドセルに教科書を詰めて準備せい。母ちゃんは、真を離すな」

父は指揮官みたいに指示をしている。母はスイッチが入ったみたいにテキパキと動いている。菜々子は、ランドセルと手提げ袋に、教科書やえっちゃんがくれた誕生日のカードや旅行のおみやげの貝殻なんかも手当たり次第入れていった。

真は、どこかに遊びに行くと勘違いしているのか、帽子とアンパンマンのリュック、ピカチュウのぬいぐるみも抱えて走り回っている。

「車を出してくる。みんなで乗るとちいと狭いが、全員一緒に乗るぞ」

と、父が玄関の戸を開けると、聞いたこともないほど激しい雨の音が聞こえた。

母が真を抱いて助手席に、菜々子と真衣子、じいちゃん、ばあちゃんが後ろに乗って、トランクは荷物でいっぱいになった。フロントガラスのワイパーは、笑えるほど速く動いているが、それでも先が見えないほどだ。十分くらい走ると、雨の中にぼんやりと集会場が見えてきた。駐車場にはもう何台もの車が止まっていた。

集会場の畳の部屋には、子どもを含めて三十人くらい集まっていた。

隣の家のおじさんやおばさん、柳原のお姉さんもいて、母やばあちゃんと言葉を交わしている。酒屋の虎造じいちゃんは、積み上げた座布団を背にして、あぐらをかいたまま眠っているようだ。菜々子のひとつ年上の富永君と、同い年でクラスが別の萌絵ちゃんの顔が見えたが、えっちゃんの姿が見えない。

「滝川悦子ちゃんのおうちの人は、どうしたんですか？」

と、役場の人に聞いてみた。

「滝川さんの家は川から離れておって、高台にあるから心配ないのよ」

という返事が返ってきた。

えっちゃんに会えなくて、ちょっと残念だった。

えっちゃんの家は大丈夫とのことだけど、成子先生のいるお屋敷とおトキばあちゃんの家は、川のすぐ近くのはずなのに姿が見えない。

大人たちの声が聞こえてきた。

「おトキばあさんは頑固で、まったく困ったもんじゃ」

「そろばん教室の時田先生が、説得して連れて来ることになっとるが」

「遅いのう」

「若いもんに見に行ってもらうか」

「いやー、へたに動かんほうがええぞ。鉄砲水に流されでもしたら大ごとぞ」

「そうじゃのう、消防署に要請しておるけん、プロを待ったほうがええかの」

そんな話の間も、外は大粒の雨が容赦なく降り続いていて、駐車場がプールみたいになっているのが見えた。

消防士の人たちが着かないとか、もう現場に行ったらしいとか、日が暮れてしまったら危ないとか、役場の人やみんなの意見もだんだん深刻になってきた。

成子先生はまったく泳げないと言っていた。おトキばあちゃんは、口だけは元気だけど、ものすごい年寄りなのはみんな知っている。二人して水に流されているところを想像すると、助けをよぶ二人の叫び声が聞こえてきたようで、菜々子は身体が震えるほど怖くなった。

どうしよう、先生とおトキばあちゃんが溺れて死んでしまったら。いや、大丈夫だ、先生はマジックを起こせるはずだ。いや、そんなこと無理だ、泳げない人が急に泳げるようになるはずがない。おトキばあちゃんはカッパと友だちになるほど泳ぎがうまかったと言っていた。きっとおトキばあちゃんが先生を助けてくれる。でも、やっぱり無理だ。あんな小さなおばあさんに、大きな成子先生を助けられるわけがない。

ごうごうと渦巻く川の中で、浮いたり沈んだりしながら先生のカツラが流されているところを想像する。

あれこれ考えていると、もう二度と先生にもおトキばあちゃんにも会えないような気がして、胸がキーンと痛くなった。台風にわくわくして楽しんでいたことを後悔した。外の風の音はどんどん激しくなっていった。

「母ちゃん、先生たち大丈夫やろうか。流されて溺れてしもうたらどうしよう」

「きっと、時田先生がおトキばあちゃんを連れて来る。大丈夫」

母は呪文のように「大丈夫、大丈夫」と言っている。真は母の膝の上で眠りかけている。

父は、役場の人たちに交じって集会場の入り口に立って外の様子を見ている。真衣子は同級生の友だちに会ったみたいで、二人でマンガ本に夢中になっている。

部屋中が静かになって、みんなじっと待っている。

「なんぞ見えるぞー、誰ぞ近づいて来るぞー」

誰かが叫んだ。

「おおー、あれは、おトキばあさんが誰ぞに背負うてもろうておるぞ」

「ありゃあ、どこの誰じゃろうのー」

「まさか、そろばんの先生かいの？」

台所にいたおばさんや、横になっていたおじいさんたちも、みんな玄関に集まっていた。おじさんの一人が玄関を開けると、風と雨がいっぺんに吹き込んできた。そして、スエットパンツに花柄のレインコートを着た成子先生と、背中に乗った小さなおトキばあちゃんが現れた。二人とも滝に打たれたみたいにずぶぬれだった。母の言ったとおり、先生がおトキばあちゃんを連れてきた。

「そろばんの先生かいの？　車はどうした？」

誰かが聞いた。

「途中で動かなくなって」

成子先生が震えるような声で言った。

「まあー、ともかく、よう頑張ってくれた。兄ちゃん、お手柄ぞ」

成子先生のことを〝兄ちゃん〟と言った。確かに兄ちゃんだった。

成子先生のいつもの栗色の髪はなくなって、短い髪の毛が小さな頭にぬれてくっついていた。お化粧はすっかり取れてまつ毛も消えていた。初めて見た先生の素顔は男の人のような、そうでないようにも見えた。

おトキばあちゃんをおぶって立っている成子先生は、腕も足もたくましい男の人だった。

「あれ、まあー、先生よ、それもええじゃないか。ええ男じゃないか」

「やっぱり、先生は男じゃったか」

と、どこかのおばさんたちが言って、みんなが笑った。先生も恥ずかしそうに小さく笑った。

「わしは、ええおなごじゃとばっかり思うとったに、こりゃあ、失恋じゃ」

どこかのおっちゃんの言葉に、あちこちからどっと笑いが上がった。

母は先生が男だったことに、少しも驚いていない。

「おトキばあちゃんよ、先生は命の恩人じゃね」

そんな声も聞こえている。

「誰ぞ、着替えを出してくれ、このままじゃと二人とも風邪をひくぞ」

誰かが声をかけている。

菜々子の姿を見つけた先生が、「菜々ちゃん、大丈夫だった?」と、気づかってくれる。

役場の人がタオルを抱えてきて、成子先生とおトキばあちゃんの頭に被せた。

「これで間に合うかいね」

と、あちこちから着替えの服が集まった。

誰かのスエットスーツを借りて着替えた成子先生は、サイズが小さ過ぎたようで手と足が、ニューッと服から突き出ている。壁にもたれて正座している先生の横で、おトキばあちゃんが置物みたいに坐っている。

先生は頭から白いバスタオルを被っていて、横から見ると尼さんみたいに見えた。

静かになった集会場の片隅で二人組みのおばちゃんが、大きな声で話している。そのうちの一人は、いつだったか、菜々子とえっちゃんに、先生は男か？　女か？　としつこく尋ねていた人だ。

「なんで女装せないけんのかねー。おかしなもんが越して来たもんやね」

「役場も借家人をちゃんと調べてから契約してほしいもんよね」

二人の会話を聞いていた母が、突然立ち上がって、そのおばちゃんに闘いを挑む勢いで突進した。

「おばちゃんたち、先生が何か迷惑かけましたか？　どんな格好しようと個人の自由ですよね。おばちゃんたち、何の権利があって、住む人を選別するんですか？　おばちゃんたちも、うちらも、先生も、だれでも、どこに住むかは自由なんですよ。この日本中どこにだって住む権利があるんですよ」

久しぶりに見る強気の母に、菜々子は胸の中にすーっと小気味良い風が吹いたような気持ちになった。先生もおトキばあちゃんも、まわりの人たちも呆気にとられたように固まっている。

「まあーまあー、この台風じゃ家も心配で、おばちゃんらの不安な気持ちはよう分かるで。そうじゃけんど、わしら、なんちゃ変わらんで、皆おんなじよ」

いつの間にか、父が母の助っ人になっている。父の言う〝おんなじよ〟は、何が同じなのか菜々子にはよく分からなかったが、父が母と一緒に闘っているようでうれしかった。

「先生よ、なんちゃ気にすることあないが。わしらみんな、先生に感謝しよるんで」

眠っていたはずの虎造じいちゃんが、いつの間にか起き出して唸るような声で先生に言った。虎造じいちゃんの迫力に菜々子は、虎造じいちゃんかっこいいと思った。意地悪おばちゃんたちは、バツが悪そうに静かになった。

忙しげに働く役場の人の声や、眠っているおじいさんのいびきや、小さな子どもの騒ぐ声や、赤ん坊の泣き声や、おばあさんの咳の音や、つけっ放しのテレビの音が集会場の中で渦を巻いていた。

菜々子はいつの間にか眠っていたようで、目が覚めると朝だった。ほとんどの人はいなくなっていた。真衣子はもう起きていて、ぼんやり外を眺めている。

きのうの嵐がうそのような真っ青な空だった。

母の話では田んぼのいくつかは水につかってしまったけど、流されたり、壊れたりした家はなかったようだ。じいちゃんとばあちゃんは先に家に帰っていた。成子先生とおトキばあちゃんの姿も見えなかった。

父の車で家に戻ると、まだ青い小さな柿の実が庭いっぱいに転がっていた。

ランドセルの中身を取り出して、きょうの時間割を見て登校の準備をする。

えっちゃんの家のビニールハウスは、何カ所か屋根が飛んでしまったところがあったようだと父が教えてくれた。

学校でみんなに会うと、町のほうでも避難した家がけっこうあって、その話で盛り上がっていた。町のどこかの家が何軒か床上浸水で、こんなことは初めてだった、やっぱり温暖化だ、地球の危機だ、と学級委員の澤田君が演説みたいにしゃべっている。

えっちゃんに、集会場に避難したことを話すと、

「ええー、そうやったん。悔しいなあー、うちも誘ってくれたらよかったのに」

と、トンチンカンなことを言った。

おトキばあちゃんを背負った成子先生が、嵐の中をずぶぬれになって集会場に現れたこと、先生はカツラが流されてお化粧も取れて、みんなに男だったのがばれてしまったことを報告した。

「みんなの反応は？　先生、大丈夫やった？」

「うん、おもしろがって、冗談言う人もおったけど、みんな、そんなにびっくりした感じでもなかったかな。あのいつやったか、しつこく先生のこと男か女かって聞いたおばちゃん、いたやろ、あのおばちゃんが意地悪言うてたけど、うちの母ちゃんがバシッと言うてくれたから。とにかく先生は、おトキばあちゃんを助けたヒーローだったからね。かっこよかったよ」

「ヒーローかあー、いいね。先生、これからは堂々と女になればいいよね。本当は男か？　女か？　なんてもう誰も気にしなくなるよ」

と、えっちゃんが言った。

「そうやね。よかったかもね。こういうのを、身から出たサビっていうんだよね」

「菜々ちゃん、違う。それを言うなら、怪我の功名とか。まったく」

えっちゃんにバカにされてしまったが、菜々子は晴れやかな気持ちで、えっちゃんと声をあげて笑い合った。

菜々子の家も、しばらくは台風の後片付けで大忙しだ。

鶏小屋の屋根は吹き飛んでいたが、鶏はほとんど無事だった。屋根の修理をしている父のトンカチの音が響いている。菜々子には、なんだか〝ご破算で願いましては……〟の呪文のように聞こえる。

成子先生の住むあのお屋敷は古いから大丈夫だったのだろうか？　と気になったが、母の話では、外壁がはがれ落ちているけど家の中は無事だったようだ。

台風の日から何日か経って、次の土曜日を楽しみにしていたある日、菜々子は母から突然聞かされた。

「時田先生は行ってしもうたけん、教室はないよ。でも、また、いつかこの村に戻ってくれるかもしれんよ。あんたたちは、その日のためにそろばん忘れんように勉強しなさい」

母にどういうことかと詰め寄るが、「大人には、いろいろ複雑な事情があるのよ」と、いい加減な答しか返ってこない。菜々子はえっちゃんの家に向かって走った。ビニールハウスの修理を手伝っていたえっちゃんを見つけて、菜々子は叫んだ。

「えっちゃん、先生どこかに行ったみたいよー。うちらのそろばん教室なくなったよー」

「どういうこと？　そろばん教室おしまいなんて、うち聞いてないよ」

菜々子とえっちゃんは、とりあえずお屋敷に行ってみようと教室に向かった。

「どうしていなくなるの？　男っていうことがバレたから？　先生はヒーローだったんじゃないの？」

えっちゃんは菜々子を追求するけど、菜々子にもさっぱり分からなかった。

お屋敷は、シーンとしていて人の気配はなかった。

玄関の引き戸に紙が貼られていた。

皆さまへ
大変お世話になりました。

短い期間でしたが、この村に来てから本当に楽しい毎日でした。

優しくお付き合いいただいて、ありがとうございました。

わたくし、訳ありましてここを去ります。

皆さまとお別れするのは、とても寂しいのですが、しかたがありません。

また、いつか、お目にかかれる日が来ることを祈っております。

おトキさん、菜々ちゃん、えっちゃん、そろばん教室途中のままで、さようならを言う間もなくて、ごめんなさい。ありがとう。

九月二十六日　　時田成子（時田雅成）

大人は、突然勝手に大きな変更を決めてしまう。菜々子は、おいてきぼりにされたみたいで悔しかった。

「先生の本名、これ、なんて読むのかな?」

菜々子は、本当は違うことを言いたかったのだが、口からはそんな言葉がついて出た。

「マサナリやと思うけど、成子でも雅成でも名前なんかどうでもええ。これって、どういうことよ。どこへ行ったのよ」

と、えっちゃんは怒っている。菜々子は、先生がどこへ行ったのか、何があったのか、想像もつかなかったが、寂しくて怒っているえっちゃんの気持ちはよく分かった。

「おトキばあちゃんは知ってるのかな?」と、二人は、今度はおトキばあちゃんの家に向かって走った。

おトキばあちゃんは、縁側に腰掛けてお茶を飲んでいた。ずいぶん、のんびりしている。まだ、このことは知らないようだ。

えっちゃんが庭に入ったとたん大声で叫んだ。

「おトキばあちゃん、先生いなくなったよー」

おトキばあちゃんは知っていた。

「そうらしいのー」

えっちゃんは怒りで顔を赤くして、縁側に向かって走りながら叫んでいる。

「ええーっ、知らなんだのはうちらだけ? どうして? 先生はどこへ行ったの? 男って分かったら困ることがあるの? それともこの村が嫌いになったの?」

「意地悪なこと言うおばちゃんがおるから?」

と、菜々子も台風の夜の集会場でのことを思い出して言った。

「まさか、あげなことくらいで逃げ出したりするような先生じゃなかろうが。先生にはなんぞ思うことがあって、やらないけんことが見つかったんじゃろうて。わしも先生も、あの台風では死ぬかもしれんと思うた。人間、死にかけると大事なことを思い出すこともある。居ても立ってもおれんかったんじゃろうて」

「何よ、どこに行ったんよ。大事なことって何よ」

「まあー、そういう複雑な事情は、おまえたちのような子どもには、まだ分からん」

「おトキばあちゃんくらいの、ものすごい年寄りになったら、分かるってこと?」

えっちゃんは、おトキばあちゃんに喧嘩を売るみたいにくってかかっている。

「年をとったけん何でも分かるというもんでもないのー。わしみたいに大きな心が必要じゃ」

おトキばあちゃんは、相変らず自慢げに言って空を見上げた。その横顔を見ながら、おトキばあちゃんもわたしたちと同じくらい寂しいのだ、と菜々子は思った。


そろばんメイトの三人は、時々、おトキばあちゃんの家でそろばんごっこをしている。先生はきっと戻ってくる。あの黄色い車をパタパタいわせて、映画のスクリーンから飛び出たヒロインみたいにここに降り立つのだ。

いつの間にか、母は以前の口うるさく厳しい母に戻ってしまった。でも、これが本当の〝うちの母ちゃん〟なのだ。父と母の会話の中に、少しずつ笑い声が聞こえるようになった。それだけで、家の空気は跳びはねたように軽くなるのだ。縁側の奥のほうに住みついていた暗くて冷たい何かは消えていったのかもしれない。

あと数カ月で、菜々子はいよいよ中学生だ。中学校でえっちゃんと同じクラスになるとは限らない。もし、クラスが違っても、二人はずっと親友だと約束している。

スマホも自転車通学も楽しみだけど、菜々子の一番の楽しみは、中学校では課外活動があることだ。

菜々子とえっちゃんは、女子サッカー部と決めている。

色挿し

真夏の日差しが庭の泥土をカラカラにして、土の表面は割れた茶碗のように反り返っていた。

玄関の引き戸を開けると、「お帰り。誰もおんなさらんけん、ここで待ちよったんじゃけんどのーし」と女の声がした。家に入った途端、視界が消えて真っ暗になった。目を凝らすと、知らない女が、上がり段にちょこんと坐っていた。鮮やかな花柄のワンピースからつき出た足が、びっくりするほど白かった。「あんた名前は？　何年生？　大きいね。六年生くらいかいね」と聞かれても、答えることができずただ見つめていた。

「そがい恐い顔せんでもええがね。おばちゃんはね、あんたと親戚なんよ。おしの言うたら分かるけん」

親しげに笑いかけられたが戸惑って、黙って見据えていると、女は「もう、ええわえね。また、出直して来るわいね」と投げ捨てるように言って、白いレースの日傘を持って立ち上がった。日傘を差そうとした右手から目が離せなかった。

女の右手の先は、ストンと切り落としたように、親指以外の四本の指の先がなかった。目が合うと、女はふっと笑った。笑うと年寄りのようにも見えた。

夕方戻ってきた母に「おしのさんいうおばちゃんがおんなさった。あの人、誰な」と尋ねると祖母の従妹だと言った。指のことも聞きたかったが、子供は知らんでよろしい、という母の答えが想像できて口にしなかった。

ずっとおしのさんの指のことが気になっていた。母が教えてくれないことでも、祖母なら大抵のことは教えてくれる。

「ばあちゃん、ちょっと聞いていい?」

「なんぞな」

「おしのさんのこと。指が、ここから切り取ったみたいになかったよ。なんで?」

「ああ、あれは、亭主に鎌で切られた」

「切られたの。だんなさんに。どうして?」

「あれは若い頃から器量良しじゃっての。亭主の留守に男ができての。それも、亭主に見つかってはやめ、やめてはまた別の男をこしらえるようなおなごじゃった。納屋で男とおるところを亭主に見つかってな。男は逃げたんじゃが、おしのは鎌持った亭主に追いかけられての。亭主はおしのの長い髪の毛を掴んで鎌を振り上げたんじゃ。おしのは指と髪の毛、スパッと一緒に切り落とされたそうな」

納屋の藁の上に、髪の毛がバサッ、指がパラパラと落ちて真っ赤な血が吹き出ている、そんな場面が目に浮かんだ。

「それから、どうなったん?」

「おしのは指がのうなって不自由になった」

「だんなさんは?」

「亭主のほうはあんがい若死にじゃったの」

「警察に捕まったりしたの?」

「夫婦のことじゃけん、警察まではのー」

長い髪を振り乱して、鎌を持った男から逃げているおしのさんの姿が、昔話の絵本を見ているように、くっきりと現れた。

庭に出ると西の山に日が落ちて、見慣れた柿の木が、黒い影になって不気味に迫っていた。そこから何かしら恐いような風が吹き下りてきたようで、追い立てられるように庭を走り抜けた。

色挿しの手を止めて筆を置いた。

窓を開けると格子の向こうから川風が吹き込んだ。部屋の空気がさあーっと流れて、伸子《しんし》で張られた三丈もんが揺れた。反物には、糸目糊で桜の花びらが一面に描かれている。その花びらに、桜色の染料を丁寧にぼかしながら挿していた手を休めて、いったい何枚の花びらがあるのかしら、とため息をついた。

郁子は賀茂川の土手を西に眺める一角に、小さな一軒家を借りて、友禅の色挿しの仕事を引き受けている。築三十年以上のこの家は、街中から離れていて静かなことに加え、部屋の広さのわりに家賃が安かった。二階が四畳半と六畳の二間続きになっていて、反物を広げる色挿しの仕事には、この間取りは打ってつけだった。悉皆屋《しっかいや》で発注してくれる色挿しの仕事が、これといった趣味もなく、ほとんど家に籠ったままの郁子の質素な暮らしを何とか支えている。

今朝、悉皆屋の洋介が玄関の上がり框に腰を下ろして、図柄の説明をしていた時、いきなり外が真っ暗になって、ばりばりと音を立てて雹《ひょう》が降ってきた。

「えらいこっちゃ、雹が降ってるみたいや」

「こんな時期に、雹ですか」

声を上げながら、郁子は玄関に降りて引き戸を開けた。大豆粒ほどの氷の欠片が玄関先の小さな花壇の土や道路の上に落ちて、ころころ飛び跳ねている。地面の上で白い粒が水玉模様を作っていく。こういうのも友禅の図柄にしたら面白いかもしれないと見とれていると、

「確かに、見てて飽きませんね」

と驚くほど近くで洋介の声がした。玄関先に二人並んで、しばらく雹の降る様を眺めた。

郁子はその場を繕うように「これじゃ、出られないですね。お茶でも入れますわ。どうぞ、上がってください」と言って、洋介を居間に案内した。

畳の上に絨毯が敷かれ、丸い木のテーブルを挟んで、籐の椅子が二つ向かい合っている。洋介はその椅子の一つに腰を落とした。

お茶の香りが、古い家の障子や柱にまで染み込むように漂った。この部屋で洋介と、こんな風に向かい合ってお茶を飲むのは、初めてのことだった。

郁子は茶碗を包む男の手に見とれた。ゆったりとした静かな手だ。長い間、悉皆屋と職人という関係で言葉を交わしてきて、男の手はもちろん、その姿かたちを気に掛けることさえなかった。年格好は自分と同じくらいで、家庭を持っていることを誰かに聞いたことがある程度だった。茶碗に添えた左手、親指と人差し指の間に、ざっくりと深い切り傷の痕がケロイド状に光っている。男の手は何年も見てきたはずなのに、その傷も知っていたはずなのに、どきりとして目をそらせた。郁子の視線に気付いた洋介は、

「ああ、これな、若い頃、やんちゃやったさかい。力だけやったら女は男に勝てへんけど、刃物持ったら別ですわ」

そう言って、他人事のように笑った。

洋介は、話題を変えるように、

「郁子さんの仕事場、見せてほしいな。だめですか」

と言った。

「いいですけど、ぐちゃぐちゃですよ。何にも面白いことないですよ」

郁子も、また、手の傷から逃げるように、洋介を二階に案内した。洋介はぎしぎしと音のする階段を、頭をかがめて上がって行った。

仕事場に他人を入れるのも初めてだった。洋介は、皿や伸子や図案を描いた紙の散らかった机の前に立った。

「そうですか、ここで郁子さん友禅やってはるんですね。やっぱり、職人さんの仕事場は、いいもんですね。わしも、ほんまは、職人になりたかったんですけど、いまいち、向いてなかったみたいで、諦めたんですわ」

洋介は楽しそうに、染料がずらりと並んだ棚を眺めながら言った。

「私は、他に取り柄がなくて。反物相手に一人で染めをやってるのが、一番性に合ってるんです」

窓を開けると、すっかり明るくなった空の下で、賀茂川の川面が光っていた。洋介は、いつも郁子が坐る同じ位置、同じ向きで敷居に腰を掛け、「ええとこですね。この辺りの川はあんまり手が入ってなくて、いいですね」と言って、川面に目をやった。

窓から川を望めることも、郁子がこの借家を決めた要因のひとつだった。

「長居して仕事の邪魔したらだめですね」

そう言って洋介が帰ってから、置いていったばかりの色挿しの仕事を始めたが、雹が降ったせいで、茶の間で洋介とお茶を飲んだり、仕事場で話し込んだり、洋介の手の傷から、突然、おしのさんのことを想い出したりと落ち着かず、桜色の染料を溶かした素焼きの皿が並んだまま、仕事ははかどっていない。

反物を抱えて郁子の家を訪ね、上がり框に腰掛けて、図柄や色の打ち合わせをして、出来上がると取りに来る、それだけの人がこの数時間の間に急に近くなったようで、気持ちがざわざわと騒いでいる。洋介の手の傷と、おしのさんの指のない手が重なって、胸のあたりがきりきり音を立てているようだった。

郁子は愛媛の高校から京都の美術系の大学に進学して染色を学んだ。卒業と同時に友禅の作家に弟子入りした。クラスの中で弟子入りを選んだのは郁子一人だった。京都の染色界には古い徒弟制度も残っていて、想像以上の厳しさだったが、郁子はここで友禅の技術を身につけ、友禅に魅せられたと思っている。五年ほど、その作家の元で修行をして辞めた。辞めたというより、そうするより仕方がなかった。急速に冷え込んだ京都の染色界で、弟子を何人か抱えていたその作家も立ちゆかなくなった。それでも、先の師匠の紹介で、何とか次ぎの師匠を見つけることができた。高齢だった次ぎの師匠は、郁子が弟子になって十年近く勤めた頃、亡くなった。

その後、友禅の師匠を探していた郁子に、大学の恩師が著名な作家を紹介してくれた。今の郁子は、週に一度、師匠のもとに通って作品を創っていくという、いわゆるお稽古ごとのような世界で友禅を続けている。十人足らずの弟子たちで、年に一度作品を発表していくというシステムは、物足りなさを感じなくもなかったが、何度か展覧会や専門誌で見て、その作品に感銘を受けていた作家の指導を受けることができるのは幸運だった。

学生の頃、染料で染まった爪や指を自慢し合って、染めの話に熱くなっていた仲間たちも、ほとんどが転職したり結婚したりして、染めの仕事から離れていった。

郁子は二階の仕事場に坐り込んで、ひたすら桜の花びらに色を挿す。風を入れると、皿の中の染料が乾いてしまう。窓を締め切って、誰にも会わず、言葉も交わさず、一日中、布の上で筆を動かしていく。

雹が降った日から三日が過ぎたが、桜にはなかなか色が入らない。このままでは約束の日に間に合いそうもない。風邪でもひいたように体がだるい。桜の色挿しは、一週間で上げる約束だった。

三丈もんが部屋いっぱいに伸びて、ゆらりゆらりと揺れている。やっと三分の一ほど仕上げたところで、とても約束の日までに仕上がらないと判断して、洋介に電話を入れた。洋介は出かけていたが、事務員の女性に仕上がりを三日ほど延ばしてほしいと告げた。

「すみません。ちょっと風邪ぎみで、ぐずぐずしてたもんですから」

洋介が戻ったら確かに伝えておく、無理せんと大事にしてくださぃ、と言う事務員に礼を言って電話を切った。

郁子は、筆を動かしながら音楽を聴くことも好まなかった。仕事場に音のするものは何もない。時折、筆洗で筆を洗う水の音がするだけだ。黙々と桜を染めていく。気が付くと外はすっかり暗くなり、空腹も覚えていたが、手は止めなかった。もう少し、あの花びらの重ったところまで、そこに色が入ると、もう少しあの花びらの散った先まで、あの先まで、その先まで、と何かに取り憑かれたように筆を動かした。

突然電話が鳴った。こんな夜更けに電話が鳴ることは久しくなかった。茶の間に降りて受話器を取ると「風邪、大丈夫ですか?」名前も名乗らず、郁子一人の静かな世界に、突然飛び込んできた洋介の声だった。「納期のほうは心配ないさかい、体気つけて」郁子が声を発する間もなく、洋介は電話を切った。

桜の色挿しがやっと上がった。重なったり絡んだりしながら、桜の花びらだけが、反物一面に描かれている。色が入って改めて眺めてみると、布の中で風でも吹いていたかのような激しさで、花びらが散っていた。

悉皆屋に電話を入れると「ほな、夕方そっちに回りますわ」と洋介のいつもの声だった。

夕方といっても五時なのか六時なのか、もしや四時頃かしらと気になった。外出の予定もないし、いつもなら時間のことなど気にもしなかったが、落ち着かなかった。鏡を見ると化粧気のない小作りの顔が、みすぼらしく思え、口紅をさしてみたが、やけにそこだけ鮮やかで、恥ずかしいほどの違和感を感じてふき取ってみたり夕方までの時間を持て余した。

小さな庭の向こうには隣家との垣根がある。今年も垣根越しに白木蓮の蕾が見える。今年は白木蓮を染めてみようか、そんなことを考えながら、縁側に腰をおろしてぼんやりしていると、玄関のチャイムが鳴った。

洋介に、上がった三丈もんを差し出すと、慣れた手つきでさっーと広げて仕事ぶりを確認している。

「おおきに、重たい仕事を、お疲れさんでした。ええ感じに上がってます。やっぱり、これは郁子さんにお願いして正解でした」

郁子は、反物をリズミカルにくるくると回している洋介の指先を眺めながら、玄関口の小さな空間で洋介と向かい合っていることに、息苦しさを感じていた。

「郁子さん、今度、どこぞで飯でもどうです。いつも無理言うてますさかい、ご馳走させてください」

洋介から、こんな誘いを受けたのは初めてで、戸惑っていると、

「明日の晩はどうです。忙しいですか」

腰を上げた洋介は、たたみ掛けるように言って、屈託のない笑顔を向けた。

郁子は、笑顔に誘われるように「おおきに、大丈夫です」と即座に答えていた。

「ほな、明日七時、とりあえず、四条の南座の前あたりで会いましょか」

「分かりました。七時に南座の前ですね」

洋介は、上がった反物を丁寧に風呂敷に包んで、伝票を置いて帰って行った。

家庭のある男と食事に行くということに、抵抗がないわけではなかったが、洋介は気軽に誘ってくれた、オーバーに考えることはない、気にしているのは自分だけで、洋介にとっては仕事上付き合いのある職人を労ってくれているだけのことだ、そう自分に言い聞かせた。

誰かと外で食事をするのは、何年ぶりだろうか、学生時代からの友人、澄子が思い出したように電話をくれ、映画でも観て食事をしないかと誘ってくれたが、三度、四度と、そのたびに理由をつけて断っていたら、この頃では誘うこともしなくなった。

澄子は十年ほど前に、染めの仕事に見切りつけた。今は大きな寺で広報の仕事をしている。ライトアップして夜の観光客を集めたり、ローソクの灯りの中で精進料理を出したりと、染めの仕事より澄子には合っていたようで生きいきと活躍している。郁子のことは、あれこれ気にかけてくれ、労多い色挿しの仕事は辞めて、寺の仕事を手伝わないかと誘ってくれたりした。

「郁子、四十代で世捨て人みたいやん。あんた、昔から社交性無さ過ぎ、性格地味過ぎ。

たまには河原町あたりに出て、ぱあーっと流行の服でも買うて、年相応に楽しまな」

子供の頃から「大人しい子やね」と、いうのがまわりの印象だった。自分では積極的に話そうと思っているのだが、頭の中で話したい言葉がぐるぐる廻っていて、やっと口から言葉が出た頃には、もう話題は変わっていて、置いてきぼりをくうという始末だった。

澄子の言葉どおり、そんな性格は少しも変わらず、人に会うこともほとんどなく、携帯電話も持たず、インターネットとも無縁で、今の時代からとり残されたような暮らしが続いている。


夜の九時を過ぎた頃電話が鳴った。「明日、用ができて行かれない」そんな洋介の言葉を想像して胸が苦しくなった。ゆっくり受話器を取った。母だった。

「実はな、あんたに、ええ話なんよ。お父さんの仕事関係の人でな、郁子のこと話したら、紹介したい人がおる言いなさるんよ」

「紹介って?」

「相手さんは五十八歳で、小さな工務店をやっとんなさる。再婚やけど、お子さんはもう独立してなさるけん、ええ話やと思うよ。奥さんとは十年程前に死に別れやそうな。そら、お母さんかて、郁子と同い年くらいの初婚の人がおんなさったらその方がいいと思うけど、四十も過ぎたら、なかなか難しいけんね」

「自分のことは自分で考えるけん、いいよ」

「あんた、自分のことがちゃんとできんけん、心配しよるがね」

「そうだ、おしのさん、どうしとんなさる？」

「あのおしのさんか？　もう何年も前に死んなさったね。おしのさんがどうしたの？」

「別に。ちょっと思い出して」

「おしのさんみたいに、男に狂われても困るけんど、あんたみたいに縁がないのもなー。このまま独りやったら、今はまだええけど、歳とったら寂しいで。染の仕事は、今のご時世には合ってないのと違うか。こっちに戻って来たらどうや。よう考えてな」

母はいつもの繰り言で電話を切った。


翌日になって郁子は何度も電話の受話器を取ったり置いたりをくり返した。洋介に今日の約束を断ろうと決心して受話器を握っては「やっぱり行きたい」と受話器を置く。午前中はそんな状態で時間が過ぎ、昼食も取れないほど緊張して、午後になると着て行くもので悩んでしまった。澄子の言うように流行の服でも買っておくべきだったと後悔した。郁子は箪笥の引き出しから青磁色の紬を取り出した。歳をとっても着られるようにと地味な色に染めて仕立てたもので、まだ一度も袖を通していなかった。それでも、広げて顔に当て鏡を覗いてみると、今の自分には派手に感じるほどだった。出来るだけ派手づくりに見えないようにと帯は黒地に椿の柄を選んだ。自分で図柄を描き、染めたものだ。帯揚げもグレイの落ち着いた色にして、帯締めだけは鮮やかな水色を合わせてみた。着物にして洋介に変に思われはしないかと思ったが、悉皆屋の仕事をしている洋介は着物姿を喜んでくれるかもしれないと思い直して、紬のしつけ糸を丁寧に切った。髪を後ろで小さくまとめて、薄く化粧もした。着付けには自信があったが、この日は手間取って、椿の柄が思った位置に落ち着かず、何度も結び直した。

市バスに乗って、南座の前で降りた時は七時を少しまわっていた。約束の場所に洋介は立っていて、郁子を見つけると、勢いよく手を上げた。足早に近づくと「よう来てくれましたな。それに、その着物、よう似合うてますわ」と言ってくれてほっとした。

「ゆっくり鍋でもどうです？　それか、中華がよろしいか？　こきたない店ですけど、おでんの美味い処もありますのや」

「何でもいいです」

「何でもいいですはダメです」

「そしたら、おでんがいいです」

「決まりや。京極まで歩きまっせ」

『ねこ』という看板が少し傾いて、格子の窓からは酔客の笑い声や話し声が洩れ聞こえていた。店に入った途端、「洋ちゃん、どないしとったん。久しぶりやないの」と女将が声をかけた。歳の頃は八十にも届きそうだ。どこもかも古びてはいるが、柱もカウンターも長年磨き込まれた艶がある。「ちょっと詰めたってーな」と言う女将の声に、カウンターの数人の客が、寄せ合いながら二人分の席を作ってくれた。

「おばはん、今日はべっぴんさんと一緒やさけえ、上品に頼むで」

洋介の声に、

「あほかいな。あてぐらい上品なおなご、この京極中探したかて、いてまへんがな」

と女将が答えると、数人の客が「そうや、そうや」と合いの手を入れて笑っている。

女将は郁子に向かって「よう来とくれやしたな」と言いながら、その場で熱い湯をくぐらせたおしぼりをぎゅーと絞って渡してくれた。ビールを飲み、おでんを食べ、コップに注がれた熱燗を飲んだ。

昔の水元にはどこの工場の中にも、反物を洗う長い川が流れていたとか、西陣に行くと機織りの音がうるさいほどやったとか、遠い昔の染めや織りの話をしながら、時間が流れていった。

郁子は久しぶりの酒で、頭の芯がぼんやりして、体中の力が抜けたようで背中が崩れそうになる。突然、女将と客との会話が耳に届いた。

「もうすぐ八十になりますけど、あての乳首はピンク色どっせ。なんなら見せまひょか」

「あかん。やめてくれ。酒がまずうなる」

たわいのない会話にドキリとする。洋介が「ばあさん酔うてんねん」と自分のことのように言い訳をして照れた。

郁子が一杯の酒をゆっくり飲む間に、洋介は三杯の酒を変わることのないペースでうまそうに飲んだ。

十時をまわったところで店を出た。少し風も出ていたが、酔った体には心地よく鴨川まで歩いた。絵に描いたような満月が光っていた。酔い覚ましに三条辺りまで歩こうと、土手に降りた。そろそろ桜もふくらみかけてはいたが、まだまだ夜の空気は冷たかった。昼間はどこに消えていたのかと思うほど、川のせせらぎが鮮明に聞こえる。

洋介が海の話をした。若い頃、よく沖縄にダイビングに行った。昼間は青い海を楽しんで、ある日、夜の海に潜った。インストラクターとダイバーたちが、ボートでダイビングポイントに向かい、それぞれ水中ライトを持って夜の海に入っていった。珊瑚の間や砂の上では魚が眠っている。海の底に着いたらインストラクターの合図で、順番にライトを消した。洋介が最後にスイッチを切った。ボートからの、水中を照らす光の線が遠くで揺れているだけで、周りは真っ暗だ。音は自分が吐きだす排気音だけが聞こえる。露出している顔や手に水の感触をわずかに感じてはいるが、自分が今、どこにいるのか分からないほどの暗さだった。

洋介の話を聞いていると、郁子も一緒に暗い海中を漂っているような気がした。

並んで歩いていた郁子の指が一瞬、洋介の手の甲に触れた。体中の神経が指の皮膚に走り込んだ。指は痛いほど熱くなって、熱がじっくりと体中に広がっていった。

郁子は、思わず洋介の手を握った。洋介が立ち止まった。

我にかえって離そうとした郁子の手を、洋介が握り返して言った。

「えらい冷たい手やな」

郁子の右手に洋介の左手のキズがぴったり重なっている。そこから洋介の熱い血が腕に流れ込んで来るようだった。

手を重ねたまま三条大橋の下まで歩いた。もう海の話はしない。ただ黙って歩いた。

橋に上がる石段の所で、手が離れた。郁子は、離した右手を伸ばして、石段を一歩上がった洋介のジャケットの裾を、ぎゅーっと握った。

「郁子さん、子供みたいやな」

笑った洋介は、振り向いて立ち止まったままだ。おかしな恰好のまま時間が過ぎて行く。


長い髪を揺らせて、おしのさんが男に抱かれている。薄暗い納屋の藁の上だ。閉められた板戸の隙間から外の光が差し込んでおしのさんの白い太股を照らしている。男の背中に回した右手の指がない。おしのさんになりたい。このままでは嫌だ。

郁子はジャケットから手が離せない。バカなことをしていると思う。男の服の端を握りしめて、こんなことをして、自分は何をどうしようとしているのか、と頭の隅で分かっているのに手が離れない。

橋の上をライトが走り、ザアーッと音を立てて何台もの車が通り過ぎた。洋介が言った。

「郁子さん。車拾うて、貴船あたりまで行ってみようか」

郁子は、自分の気持ちとは裏腹に、頷くことができなかった。やっとジャケットから手を離して言った。

「車拾うて帰ります」

石段をゆっくり登った。足元を見ると、白い足袋のつま先が、夜露に濡れていた。

三条大橋の袂で、近付いたタクシーに手を上げた。送って行くという洋介を制して、止まった車に一人で乗り込んだ。

家に戻り、真っ暗な玄関の鍵を開けた。出掛けに鍵を掛けた時の、華やいだ気持ちを思い出した。もうずっと昔のことのような気がした。手探りで電気のスイッチを押した。縁側に出ると茶の間の灯りで、隣の木蓮の蕾が白く浮き上がっていた。郁子は縁側に坐り込んだまま、闇の中の白い蕾を眺め続けた。蕾は今にも開き始めるかのように艶やかに光って、動いているように見える。この家の空気も、少しだけ動き始めたような気がした。

翌日、昼過ぎに洋介に電話を入れた。昨日の礼を言い、作品作りに精を出したいので、しばらく色挿しの仕事を休みたいと告げた。

「作品が上がって、時間が取れるようになったら連絡ください。わし、郁子さんと仕事がしたいんです。きっと連絡ください。展覧会の郁子さんの作品、楽しみにしてます」

洋介の電話を置いてすぐに、澄子に電話を入れて、以前、誘ってくれたお寺の仕事はまだあるか聞いてみた。

「大丈夫やと思うけど、アルバイトいうことやったら、時給になると思うけどいい？　とにかく上に聞いてみるさかい」

ちょうど資料館で人手が足りないとのことで、その日に面接に行き、その場で、土日と水木の週四日、勤めることに決まった。

勤め始めると、東山界隈の変化に驚いた。観光客が舞妓の衣裳を着けて人力車に乗って記念撮影をしていたり、寺の周りには、この場所には不似合いな個性的なカフェや土産物屋が出現していた。

初めてパソコンに触れたり慣れない外勤めで緊張して、くたくたに疲れたが、十月の展覧会を目指して隣家の木蓮を何枚もスケッチした。植物園にも通った。今の時期に集中して描かなくては、木蓮の時期はすぐに終わってしまう。ひな形に草稿を作って師匠に見せた。草案が決まるまでに二ヶ月かかった。仮絵羽仕立てをして下絵を合わせた。師匠は「ええ感じにいきそうやな。引き染めがポイントになりそうや。郁子さんにしては、珍しく大胆な柄やないか。上がりが楽しみやな」と言った。

木蓮の図柄が青花で描き上がったのは、梅雨の明ける頃だった。胡粉《ごふん》で白い花びらを描き、影の濃淡だけで立体感を出した。柄に糊伏せをして地色を入れた。地色は煙ったような黒で夜をイメージした。「えらいむずかしい色を引くのやな」という師匠の言葉どおり、蒸し・水元《みずもと》に出して上がりを見ると、思った色には、ほど遠かった。もう一度、糊伏せからやり直して引き染めをして、蒸し・水元に出して、やっと思いどおりの色に仕上がったのが、九月の終わりだった。

着物の形に仮絵羽仕立をしてみた。グレイの薄布を何枚も重ねたような黒の中で、白木蓮がゆっくり花びらを動かしていた。

「木蓮の花は艶のあるええ柄になってますな。この地色の黒は、きれいな深みのある色になりましたな。この調子できばりなはれ」

師匠はこう言って褒めてくれた。

デパートの催し会場に搬入が終わって、展示された自分の作品を眺めた。ひっそりと控えるように佇んでいた今までの作品とは、まるで作者が違ったような強さだった。作品は好評で、すぐに買い手が付いた。こんな大胆な図柄に買い手があったことに、郁子自身が驚いた。

洋介が足を運んでくれた。郁子の作品の前で長い時間立ち止まっていた洋介は、作品に目を向けたまま、「ええ友禅です」と言った。帰り際、「郁子さん、また、色挿しの仕事、お願いできますか」と洋介が言った。

「はい、お寺のアルバイトも続けますので、以前ほどは、こなせないかもしれませんけど、よろしくお願いします。私、色挿しの仕事が好きなんです」

それを聞いて安心した、と笑っている洋介を通りまで送った。

二週間の展覧会が終わった。打ち上げをやって師匠や仲間たちと別れ、夕暮れの河原町を北に歩いていた。スポーツ用品店の表に貼ってあるポスターが目にとまった。

『沖縄でダイビングしませんか。初心者歓迎。親切丁寧にダイビング講習いたします』

紙面いっぱいに沖縄の海の底が印刷されていた。

郁子はしばらく眺めていたが、思い切って店のドアを押した。

「いらっしゃいませ」

店員の大きな声が響いた。

いおか みちこ
愛媛県生まれ。18 歳から 32 歳まで京都在住。グラフィック・デザイナーとして広告代理店、デザイン事務所等勤務。その後上京、フリーランサーとなる。2004 年より執筆活動始める。2007 年「父のグッド・バイ」（山梨日日新聞社・やまなし文学賞受賞により）発行。2015 年「次ぎの人」で第一回林芙美子文学賞受賞。

麝香豌豆《スイトピー》

二〇二五年一月三〇日印刷
二〇二五年二月一〇日発行

著者　井岡道子
発行者　飯島徹
発行所　未知谷
東京都千代田区神田猿楽町二‐五‐九
〒一〇一‐〇〇六四
Tel.03-5281-3751／Fax.03-5281-3752
［振替］00130-4-653627

組版　柏木薫
印刷　モリモト印刷
製本　牧製本

Printed in Japan
Publisher Michitani Co. Ltd., Tokyo
ISBN978-4-89642-744-8　C0093